U0362062

新艺文类聚丛书（第一辑）

艺苑丛话

张舜徽 著

南开大学 出版社

图书在版编目(CIP)数据

艺苑丛话 / 张舜徽著. —天津：南开大学出版社，
2018.7
(新艺文类聚丛书. 第一辑)
ISBN 978-7-310-05603-3

Ⅰ. ①艺… Ⅱ. ①张… Ⅲ. ①随笔－作品集－中国－
当代 Ⅳ. ①I267.1

中国版本图书馆 CIP 数据核字(2018)第 125968 号

版权所有　侵权必究

南开大学出版社出版发行

出版人：刘运峰

地址：天津市南开区卫津路 94 号　　邮政编码：300071
营销部电话：(022)23508339　23500755
营销部传真：(022)23508542　　邮购部电话：(022)23502200

*

三河市同力彩印有限公司印刷
全国各地新华书店经销

*

2018 年 7 月第 1 版　2018 年 7 月第 1 次印刷
195×130 毫米　32 开本　11.25 印张　3 插页　173 千字
定价：46.00 元

如遇图书印装质量问题,请与本社营销部联系调换.电话:(022)23507125

张舜徽（1911—1992）

张舜徽所撰《晴川阁修复记》手迹

出版说明

　　本书作者张舜徽(1911—1992)，湖南沅江人，中国著名历史学家、历史文献学家，曾任华中师范大学历史系教授、博士生导师，中国历史文献研究会会长等。张舜徽先生出生于书香世家，自幼由父亲亲自授业，后又转益多师，自学奋进，锲而不舍。张先生精于"小学"，博通四部，长于校勘、版本、目录、声韵、文字之学，是一代"通人"大家。其著述涉及文献学、文字学、经学、史学、学术史和哲学史等诸多领域，总计近1000万字。

　　湖南教育出版社于1991年首次出版《爱晚庐随笔》，该书为繁体竖排；华中师范大学出版社于2005年出版《张舜徽集》，收录《爱晚庐随笔》，该书为繁体横排。本次南开大学出版社出版《学林脞录》《艺苑丛话》(即《爱晚庐随笔》之一、之二)，参考了上述两个版本，为方便读者，主体使用简化字；同时为尽可能保持著作原貌，仿照古籍的编校方法进行编辑加工，主要方面如下。

　　1. 在古今字、通假字和异形词方面，对于不影响文意的,仍予以保留(括号中为现行通用规范字词),如纪(记)、惟(唯)、诚(戒)、藉(借)、见(现)、决(绝)、钞(抄)、傅会(附会)、陵辱(凌辱)、展转(辗转)、仓卒(仓促)等;个别处为便于读者理解,酌情加了脚注。

2.在讲解字形的篇目中,视需要使用了繁体字、异体字和图片,如"昏""鴈""偁"等。

3.人名、作品名(包含但不限于碑帖、文章、书籍、音乐、书画作品)方面,大部分依《辞海》使用简化字(如"米萬鐘"简化为"米万钟"等),个别使用原字,如"黄榦""文徵明""翁同龢""赵撝叔"等。

4.书中涉及的古今地名,如无特别必要,均保持原书原貌,不再加以注释。

5.一些现已不再使用的说法,尽量保持原貌。但加注说明,如"满清"注明现已废止等。

为使广大读者能更好地了解张舜徽先生的生平经历与学术道路,我们特约请张舜徽先生的三女张屏女士撰文介绍,附于书后。

南开大学出版社
2018 年 6 月

爱晚庐随笔自序

　　近数十年来，自讲学著书外，以对客之时为多。身居校园，老友新交与夫及门后进，相从讨论旧闻，请质疑义者，几无虚日。亦有海内耆宿，过汉造访；他邦硕彦，怀刺叩门。坐定之后，纵论学术。或评古人之成败得失，或品旧籍之高下良窳；或析文字，或谈训诂；或及周秦诸子，或涉历代儒林；或言养生之道，或语为文之方。所问虽杂，吾必一一答之。客既退，取其稍可存者，分条纪录，初亦无义例也。昔洪迈撰《容斋随笔》，曾自题其端云："意之所之，随即纪录，因其后先，无复诠次，故目之曰随笔。"窃师其意，故亦以随笔名书。容斋才思涌发，赓续至于五笔而后止。仰视前哲，虽十驾莫由相及也。斯编所录，终以与及门诸子讨论为多，故言之谆谆，一归于敦行劝学之意。至于仰屋以思，偶有感发，触类而长，论述遂多，今亦附记于此焉。凡此所录，皆涉学术之事，稍加理董，为十六卷，名曰《学林脞录》。至于论及艺术，所涉亦广，分为品书画、评工艺、论图书、谈武术四门，名为《艺苑丛话》。与《学林脞录》合刊成《爱晚庐随笔》，大抵频年论学论艺之语，多萃集于是编。至于言论之已见诸其他专著中者，则是编概不之及，所以避重复也。迨辑录既成，而吾年已八十矣。昏眊易忘，记忆多误。匡违订谬，是所望于方闻之士耳。

一九九〇年六月

张舜徽书于武昌惜余年馆

目　录

品书画第一

　　远古文字至简，最初皆图画实物之形。仰观如日、月、云、雨，俯察如山、川、艸、木，野物如虎、豹、它、虫，家畜如马、牛、羊、犬，莫非具体象形。盖图其形则为画，读其音则为字，是书与画本同原也。其后既分为二事，由简单变为繁复，由朴质进于华美，二者同成艺术之宗，为文苑所推重。今兹论艺，故即以此居首。

最早之文字

　　一九五四年发掘出土之公元四千年前西安半坡仰韶文化遗址，其中发现不少陶器，器之口缘外有刻画符号甚多，此即最早之原始文字。一九八六年，在西安市西郊原始社会遗址中，出土一批原始先民刻写之甲骨文，将我国最早使用文字之历史，提早①四千五百年至五千年前，较光绪末年河南安阳出土之甲骨文，已早一千数百年。足以证明远在原始社会，我国即已具有用以记事之文字矣。

---

　　①　注：指"提早到"。

最早之绘画

　　远在六七千年前之新石器时代早期，居住在黄河流域之先民，即已擅长绘画艺术，征之于仰韶文化之彩陶而可知也。彩色陶器有各种花纹，大致可分为几何图案与写生形象二大类。其中如一九七三年出土于青海省大通县上孙家寨新石器时代墓葬中之舞蹈纹彩陶盆，具体表现出原始舞蹈形象；其次如西安半坡出土之彩陶，上有人头像与人面鱼纹；皆吾先民最早之绘画也。

商周时期之书法

殷商是青铜冶铸业最发达时期。从青铜器之形制、图案、雕饰之精美而言，可以考见当时绘画艺术之高超；从其铸刻之文字而言，可以考见当时书法艺术之工妙。商代每器字数不多，至周而进于丰茂。毛公鼎刻辞多至四百九十七字，散氏盘刻辞有三百五十九字。其他如大盂鼎、虢季子白盘，皆有长篇刻辞，书法极其工整遒媚。至战国时，复有石鼓文，书法尤为方正圆劲；近年出土之石简，乃以笔写在玉片上者，书法亦整齐可观；俱可考见列国之书法水平。

战国时期之绘画

从一九四九年在长沙东南郊陈家大山楚墓中出土之"人物夔凤帛画"与一九七三年在长沙子弹库楚墓中出土之"人物驭龙帛画"来看,可知战国时期绘画艺术,已达到高水平。均由毛笔描绘线条,劲挺有力,画上亦略有渲染。此外如河南汲县山彪镇战国墓葬出土之铜鉴,周围有"水陆攻战图"之装饰画;又如河南辉县赵固镇战国墓葬出土之宴乐射猎纹铜鉴,刻画有宴饮、音乐、舞蹈、射猎与各种游戏,情状逼真。至于表现当时最高工艺水平之漆器上,复多绘画,尤为可观。

秦汉时期之书法

自秦统一文字,实行省改大篆而为小篆,笔画较籀文简单便捷,遂成为秦代通行字体。秦始皇巡游天下,勒石纪功,在泰山、琅邪台、芝罘、会稽、峄山、碣石六处树立丰碑,相传为当时大书法家丞相李斯所书,原石虽早已不存,然仍有后世翻刻本,犹可考见秦篆圆匀有力,结体较长,其遗规固未泯也。由于当时政务纷繁,作篆烦难而又费时,于是变易小篆,苟趋省减,成为隶书。一九七五年十二月在湖北云梦睡虎地秦墓出土之一千一百余枚竹简,为墨书秦隶,惟尚属未臻成熟之隶书,直至汉代,隶书字体方有定形耳。

西汉书法保存至今者,以出土之竹木简、帛书等墨迹为最可贵。如一九七二年山东临沂县银雀山汉墓出土之《孙子》《孙膑兵法》等竹简四千九百枚;一九七三年湖南长沙马王堆三号汉墓出土之竹简木牍六百余枚;一九七五年湖北江陵凤凰山一六八号汉墓出土之竹简六十六枚;一九七二年至一九七六年在甘肃北部出土之"居延"汉简等,其书法浑厚质朴,固犹秦隶矩矱也。帛书则以长沙马王堆出土之《老子》甲、乙本及其他古佚书为最神。新莽时所留书法遗迹,如货布文字、量器铭文、砖文等,多为小篆,且甚精美。

东汉树碑之风特盛,尤以桓、灵之世,所遗碑版为最多。自此始有定型隶书,成为具有法度之字体。东汉碑版之传世者,约有一百七十种,书法风格甚多。有茂密雅健、浑穆厚重者,如《裴岑纪功碑》《西狭颂》之类;有方整挺拔、斩截爽利者,如《张迁碑》《鲜于璜碑》之类;有法度严密、立汉碑风范者,如《礼器碑》《曹全碑》《史晨碑》《孔宙碑》之类;亦有舒展峭拔、别具一格者,如《石门颂》之类。大抵运笔各异,源一而流分。此外如《熹平石经》,相传为蔡邕所书,乃汉隶中最谨严者。两汉书法遗存,尚有瓦当文字与印玺文字可资考证,价值亦高。

两汉时期之绘画

两汉绘画艺术,视战国时已大发展。此从发现于湖南长沙马王堆一号汉墓之彩绘帛画,山东、四川、河南等地之画像石、画像砖,辽宁、河北、内蒙古等地之汉墓壁画,皆可取证也。一九七二年出土于马王堆一号汉墓中之帛画,其题材虽为古代神话传说中之人与物,然在绘画技巧,从构图、设色以及人物刻画,皆较战国时之帛画成熟。而各地之画像石与画像砖,如四川成都出土之"盐场画像砖""渔猎收获图",河南密县出土之"地主收租图",以及内蒙古和林格尔出土之"乐舞百戏图",皆当时之杰作,具体描绘现实生活者也。除艺术价值外,又为真实可据之史料。

魏晋南北朝时之书画

魏晋是我国书法承先启后之时代,是篆、隶、真、行、草诸体咸备之时代。如魏正始《三体石经》,并录古文、小篆、隶书三体。其中小篆,尤为佳妙。他如吴《天发神谶碑》,亦负盛名,体势全用方笔,自成一格,在篆法中为创例。至于隶书,如魏《受禅碑》《上尊号碑》,晋《辟雍碑》《爨宝子碑》之类,皆为名迹。魏代钟繇,始有楷书(正书、真书)行世,如所书《宣示表》,端重雅健,信为楷书典型。东晋大书法家王羲之,即由学习钟书而成。羲之与其子献之,并精于书。羲之楷书如《乐毅论》,行书如《孔侍中帖》,草书如《十七帖》,皆其精品。而《兰亭序》尤为后世推为"天下第一行书",影响至大。献之楷书如《洛神赋》,行书如《鸭头丸帖》,草书如《十二月帖》,皆其精品。晋代乃行书繁盛之时,二王并以行书见长,羲之侄珣,亦善行书,有《伯远帖》传世。南北朝书法,略分二派:南派师法二王,以王僧虔(南齐)、僧智永(陈)

为代表;北派宗尚晋人索靖,以崔悦(后赵)、高遵(后魏)、姚元标(北齐)、赵文深(北周)为代表。南派长于书牍,北派长于碑版,各臻厥美,为世所重。

自佛教传入中土,至两晋南北朝而益盛。由于各地兴建寺庙,而宣扬佛教教义之壁画,亦随之繁多。如平城、洛阳、长安、会稽等地之寺庙中,皆有著名之壁画。惜历年久远,今无存者。惟敦煌石窟之壁画,规模最大,内容最富,其中题材,有金碧辉煌之巨幅佛教故事画,有性格突出之个别人物画,装饰图案,尤为灿备。除宣传佛教教义与封建迷信外,复有描绘劳动大众进行生产之各种场景,以及宫室器用、婚丧礼俗之多类图影,将绘画艺术向前发展甚大。至于两晋南北朝之名画家,亦复不少,如西晋之卫协,善画人物与佛像,时人称为画圣。东晋有顾恺之、戴逵、戴颙。南朝时期,宋有陆探微,齐有毛惠远,梁有陶弘景、张僧繇,陈有顾野王等。北朝则有以画佛像著名之曹仲达,皆为造诣甚深,卓然有成者也。自顾恺之《论画》出,我国始有绘画理论之书。至南朝刘宋时,宗炳有《画山水序》;南齐谢赫,有《古画品录》;而谢著尤精。自总结经验外,复提出"六法"论,对发展古代绘画,影响至大。

隋唐五代时之书画

从隋文帝统一中国后,在书法艺术上亦出现南北融合之势。如隋代《龙藏寺碑》《启法寺碑》《苏孝慈墓志》《董美人墓志》等,笔意疏朗,方圆适度,熔南北于一炉。至唐而书法艺术乃臻极盛,对前代书法,有继承复有革新,不相因袭,各自成体。初唐书家,世称虞、欧、褚、薛。虞世南所书《孔子庙堂碑》,欧阳询所书《九成宫醴泉铭》,褚遂良所书《三藏圣教序》,薛稷所书《信行禅师碑》,最为后世所称。其他富于创造性之书家,自推李、张、颜、柳为最。李邕所书《岳麓寺碑》,张旭所书《郎官石柱记》,颜真卿所书《多宝塔感应碑》,柳公权所书《玄秘塔碑》,皆其代表作。颜书笔力刚健,如其为人,后世景慕而临摹之者尤广。

唐代书法之盛,与帝王之好尚有关。所谓"上有好者,下必有甚焉者",盖无例外也。如唐太宗、高宗、睿宗、玄宗、肃宗、宣宗以及窦后、武后与诸王,皆好临池。而太宗酷嗜王羲之书，访求不少，不废临摹。今犹可见其所书《晋祠铭》《温泉铭》墨迹拓本，全仿羲之行楷，至为精美。修晋书时，亲撰《王羲之传论》，申表扬之意，此于当时臣工，实寓奖励临池之作用焉。有唐一代书学蔚兴，自上列诸家外，如李阳冰之篆书，释怀素之草书，皆甚著名。同时又有评论书法之专籍，如张怀瓘之《书断》，孙过庭之《书谱》，窦灵长之《述书赋》，张彦远之《法书要录》皆是也。孙氏《书谱》，尤为草书精品。

　　隋唐绘画艺术，有不同于往代者数端：一曰，题材范围扩大，不复为宗教绘画所束缚也。如隋代画家展子虔之《游春图》，唐代张萱、周昉之《仕女图》，李思训、王维之山水画，边鸾、刁光胤之花鸟画，皆所涉甚广。而各门之中，又分专业，如曹霸、韩干善画马，戴嵩善画牛，薛稷善画鹤，卢弁善画猫，冯绍正善画龙，姜皎善画鹰，李逖善画昆虫，萧悦善画竹，斯皆各擅专长，竞献其巧者也。二曰，题材虽同，画法尽可不同也。同为山水画，既有吴道子之大笔挥写，复有李思训之精工细描；既有青绿山水，复有水墨山水。相与并行，终不偏废。三曰，士大夫文人中，画家相继兴起也。因之画论、画史之书，亦日益增多，如张彦远之《历代名画记》，朱景玄之《唐朝名画录》，裴孝源之《贞观公私画史》，李嗣真之《续画品录》，皆其时之名著。

五代时战祸频仍，持续五十四年。兵戈不息，社会动荡，书法艺术，凋落已甚。惟杨凝式以善书名于时。历仕梁、唐、晋、汉、周五朝，官至太子太保，人称杨少师。其书法从临摹欧阳询、颜真卿入手，而以己意变化之，自成一体。墨迹传世者，有《韭花帖》《神仙起居帖》《夏热帖》诸种，在当时自是一大家。南唐后主李煜，亦能书。曾出其所藏历代法书，交徐铉辑成法帖。今虽不传，然其提倡临池之功，不可没也。

五代山水画，以荆浩、关同、董源、巨然为四大家。皆以水墨作画，苍劲有力。花鸟画，则滕昌佑工于写生；而黄筌、徐熙，尤号名家。其所用之没骨法与勾勒法，成为后来花鸟画工笔与写意两大派之重要基础。画家以梅、兰、竹、菊为题材，亦始于五代。后蜀李夫人首创画竹，即其一例。至于人物画，如今日犹存之《韩熙载夜宴图》，描绘人物生动，惟妙惟肖。当时画家如顾闳中、周文矩，皆为善画人物之名手。

宋元明清之书画

宋代统一全中国后，太宗赵光义留意书法，搜求古代名人墨迹，命臣下摹刻禁中，成《淳化阁帖》十卷。其中半数为二王之作，用以颁赐臣工，崇奖习字。由是帖学大行，书家辈出。北宋名家若苏轼、黄庭坚、米芾、蔡襄四大家，尤为后世所宗，墨迹留传至今者犹夥。此外如宋徽宗赵佶，擅"瘦金体"，笔画细匀，刚劲有力，在当时为创格。又工绘事，画人物、鸟兽、花卉、草虫，精细无比。一生收罗古代书画、器物不少，分命臣工编成《宣和书谱》《宣和画谱》《宣和博古图》。大观年间，复将所藏前代书家墨迹摹刻为《大观帖》，刻印甚精。凡所营为，皆直接影响一代文艺之发展。

宋代绘画之题材与内容，较以前更为广泛而丰富。尤以描写城乡生活之社会风俗画大量出现，更为此时期绘画成就之特点。就今日犹存之画迹而论，如阎次平《牧牛图》，李唐《村医图》，苏汉臣、李嵩

《货郎图》，无名氏《村童闹学》，莫不情景逼真，使各阶层生活面貌毕见。至于张择端《清明上河图》，描绘北宋晚期都市生活与社会情况，成为研究宋代政治、经济、科技、文化之重要史料，价值甚高，非特艺术成就冠绝古今而已。北宋山水画家，自燕文贵外，自推李成、范宽、郭熙、王诜、许道宁诸家。南宋山水画家，自推马远、夏珪、李唐、刘松年诸家。宋代花鸟画，首推黄居寀，后又有赵昌、易元吉、崔白诸家，重在写生，敢于独创，注意实物考察，而图写其形状，使花鸟画得以蓬勃发展。

元代书法，以赵孟頫为第一。《元史》称其"篆、籀、分、隶、真、行、草书，无不冠绝古今，遂以书名天下"。始学二王，后又学李北海、柳公权，故其书以楷、行为最佳，后世称颜、柳、欧、赵为楷书四大家。其书法艺术在元代，有如晋之王羲之，唐之颜真卿，皆为主持坛坫之人物。其友鲜于枢，亦以善书名，尤擅章草。此外，如少数民族书家康里巎巎及耶律楚材，书法均高。元代文艺有一特点，即名家多书画兼长，赵孟頫固其中之佼佼者。他如黄公望、王蒙、倪瓒、吴镇为其时四大山水画家，亦均善书。此四大山水画家，主要为水墨画，重在写意，与以前写实之风大不相同。至于兼长人物、花鸟画之钱选，善于画竹之柯九思，善于画梅之王冕，各以专门名家，造诣均深。

明代帖学大行，取径卑近，故书家工行、草者多，能篆隶者少。又其帖学终不能越出赵孟頫范围，学赵未必能如赵，故书法造诣终不及唐宋之高。综计二百七十余年中，书家虽众，而以祝允明、文徵明、董其昌等为最著。尚有邢侗、张瑞图、米万钟，亦以能书负时望。但真能冲破藩篱、有独创精神之书家，当推宋克、陈宪章、张弼、徐渭、黄道周、倪元璐诸家为高。如上所举文、董、米、徐、黄、倪，又当时善画能手，而文徵明尤享盛名。明代绘画，较书法为胜，除院体外，尚有浙派、吴派之分。院画以边文进、吕纪、林良为著，均为花鸟画家。浙派以画山水为主，自推戴进、吴伟、蓝瑛为三大家。吴派以沈周、文徵明、董其昌、陈继儒为四大家。与吴派联系较密者，则以唐寅、仇英为最有名。后人合称沈、文、唐、仇为明代绘画四大宗。此外，如徐渭、陈淳，用水墨写意画花鸟，自成一派，影响于后世尤大。

明清两代，由于以"八股文"取士，科场考试重视书法。写字不工整，考官不阅其试卷。因此读书人练字,但求四平八稳,以符合馆阁体之规格。将字体写成死板无生气,自是书法一厄。其间亦有豪杰之士,冲破重围,独出新意,自成一体者,如明末清初逸人奇士中之傅山、朱耷、石涛,乾隆年间之钱沣、金农、郑燮,皆别有开拓,自成一家。加以不少学士文人,勤于学碑,乾嘉时如伊秉绶、邓石如兼长篆隶;桂馥精于隶,钱坫工于篆。嘉道以后,碑学大兴,如包世臣、何绍基、张裕钊、莫友芝、赵之谦、杨守敬,皆得力于碑。而康有为论书,极为北碑张目,风气为之大变。清末若杨沂孙之篆,翁同龢之楷,皆各自名家。

清初画家,世皆推尊"四王吴恽",即王时敏、王鉴、王翚、王原祁与吴历、恽寿平也。四王以山水为主,但知摹仿前人,推崇元代四家,一意以仿古、临古为事,而甚少创新。吴历画山水,知取材于自然。因居澳门久,能吸取外来新法,使绘画更为生动,与四王不同。恽寿平初工山水,后乃专精花卉。工致雅丽,设色鲜美,自是不废大家。至于别辟门径,不受任何羁绊,具有独特创新精神之画家,自推朱耷、石涛、石溪、渐江四大和尚为最高。其作画重在写实,笔势挺拔,自成一格。同时尚有龚贤、梅清,所作山水,亦不同于四王。乾嘉年间之画家,多集于扬州,而以汪士慎、黄慎、金农、高翔、李鱓、郑燮、李方膺、罗聘等八人为之魁。打破成规，勇于创新。当时正统派画家目之为离奇古怪，因有"扬州八怪"之目。同时尚有华嵒、高凤翰、边寿民等有名画家，造诣均深，在艺苑有盛誉。

书画之继承与创新

凡事皆始于摹仿。有如婴孩初生，不能言语，不能行走，历多时效法父母兄长之所为，而后能开口说话，下地活动。人之学书，何莫不然。始有影本，后乃临帖。逐渐对文字之结构及运笔方法，有所体认，方能养成独立写字之能力与技巧。故历代书家，莫不重视临池之功。碑以汉石为主，可以上溯至秦刻石、石鼓文以及两周铜器刻辞。帖以钟、王遗墨为主，可以下连唐、宋、元、明、清之法书。历代书家皆以继承开始，故临摹碑帖之功断不可少。惟有刻苦切实致力于继承久且深者，始能有所创新，此必然之势也。即以清代书家伊秉绶、何绍基、莫友芝为例：伊氏以篆隶名世，而其挥毫作隶，则已融化汉碑笔法，自成一体，风格特高。何氏一生临摹汉碑，每种皆逾百遍。当临摹之初，惟恐其不似；及为之既久，惟恐其似。笔势变化，存乎一心；入而能出，即是创新。莫氏长于篆隶，有名于咸同间。然在继承之余，亦有创新。余尝见其楷书条幅，端重雅润，诚为罕觏。从知用功于篆隶深者，即行楷亦无不工妙。推之伊、何行楷皆善，良由根柢深厚，枝叶始能繁茂。一专多能，非可一蹴而几也。

致力绘画，亦必先有继承，后有创新。唐宋名画写实为多；宋元以下趋于写意。写实笔法精细，故多称为"工笔画"；写意用笔疏放，故多称为"士大夫画"。前人学画，皆从精细入手。锻炼既久，于画法中基本规律掌握以后，始能改用粗笔。历代画家，多能兼擅精粗，无所不可。例如明之沈周，以粗笔画为多，但亦有其精细之作；文徵明以精笔画为多，但亦有其粗疏之作。世之求画者，恒以"文粗沈细"为难得，盖以稀见相尚耳。即以八大山人朱耷而论，简笔为多，然其所作精笔画，极其工妙。余尝见其大幅水墨花鸟画，有荷花十茎，舒凫三只，上题"仿吕四明笔意"，乃模仿吕纪工笔花鸟画之法而描绘者。工妙绝伦，世所罕睹。近人齐白石晚年所作，简略已甚；然其早岁所制，精笔不少。徐悲鸿以画马名，笔力雄健粗壮，但仍有其《竹林仕女图》一类之精笔画。张大千兼擅精细，无所不可。大抵历代享有盛名之画家，莫不先致力于继承，博观约取，加以融会贯通，不断变化提高，然后进入创新，较易为力耳。

书画之聚散与保存

明人谢肇淛《五杂俎》有云："今世书画有七厄焉：高价厚值，人不能售，多归权贵，真赝杂陈，一厄也；豪门籍没，尽入天府，蟫蠹渐尽，永辞人间，二厄也；嗛名俗子，好事估客，挥金争买，无复泾渭，三厄也；射利大驵，贵贱懋迁，才有赢息，即转俗手，四厄也；富贵之家，朱门空锁，榻笥凝尘，脉望果腹，五厄也；膏粱纨袴，目不识丁，水火盗贼，恬然不问，六厄也；拙工装潢，面目损失，奸伪临摹，混淆聚讼，七厄也。至于国破家亡，兵燹变故之厄，又不与焉。每读易安居士《金石录》，反覆再三，辄为叹息流涕。彼其夫妇同心赏鉴，而资力雄赡，足以得之，可谓奇遇矣。而终不能保其所有，况他人乎！"谢氏目击当时书画流散毁损之情状，而为此言，其实推之历代，皆如此也。自近世各地设博物馆，而两京、沪、杭诸大馆，尤为古代书画荟萃之所，实物有名簿，保管有专人，藏之私固不若藏之公也。谢氏所称七厄，在今日庶可稍除矣。

古人书画名迹，于人似有一种特大之吸引力，非徒赏心悦目而已，亦以澄怀观道，足以陶冶性灵也。下者附庸风雅，或直目为古董，居奇可致厚利也。故虽巨商大贾，亦不惜重金争购之。余始来武昌，年甫四十，讲学之余，好观书画。耆旧中惟徐行可、钱子泉二先生略有收藏，皆不及汉上商贾萧、张、吴、范诸家之多。彼辈以市侩而谈雅道，何能辨真伪、评高下。顾其所藏，亦有精品善品。以所攫取者广，披沙拣金，亦往往见宝耳。至于公馆所藏，终年长扃，未曾出以示人。任其尘封霉坏，而不肯启箧一晒，此非灾厄而何！余力不能买书画，而喜看书画。自京、宁、沪、杭诸大馆尝往参观外，每至一省，辄入省馆借览，而有时为保管者所阻。吝于振钥启扃，而惟借故推诿。或间出示常见之物二三品，终不得睹精善名迹。其意以为必如此方可言保存，实则所以损毁之也。夫博物馆之藏书画，原以供大众之观赏，与图书馆之藏典籍，原以供大众之阅读，其用正同。岂徒什袭珍藏而已哉！平日自宜及时张挂展览，使人随时可以入观。其欲留此临摹者，又必假馆授餐，偿其好学之愿。庶几可以发挥博物馆应有之作用，而名贵书画，不致闳藏深固、湮没无闻耳。

赏览书画易辨识高下难

清初潘耒，学问至博，而一生笃好书画，其言有曰："凡天下可好乐之事，久则厌心生；而物之珍奇贵重者，多藏皆足以为累。若夫好之而不厌，藏之而无累者，其惟书画乎！书画佳妙者，皆古高人达士之作。天机所至，与造物相为流通。其移人性情也，躁可使静，忧可使喜，怒可使平，探之不穷，即之愈远，而何有于厌。且其为物，枯淡幽寂，惟大雅君子，乃能笃好而力求之。非若照乘之珠，连城之璧，人人争欲得之，而难以长守。故物之有益而无累者，莫书画若也。"（《遂初堂文集》卷七《书画汇考序》）潘氏斯论，实获我心。余自少即有书画之癖，童年时摩挲家中旧藏，取以张之室壁而时换易之。顾家中所有书画，无甚佳者，以先人无此嗜好也。所常展悬者，率翰苑文士投赠之作耳。多历兵燹，后亦扫地尽矣。余弱龄出游燕都，自逐日赴北海图书馆涉览群籍外，有暇辄至琉璃厂访书，亦时过书画店，观所藏物。所见渐广，又时时披阅《佩文斋书画谱》《清朝画识》《墨林今话》《谈艺璅录》诸书，稍能明流派，知得失。自此观赏公私收藏，略可辨其泾渭。每遇罕见之品，辄喜随时记之。大抵所记以冷僻者为多，至于赫赫大家，名迹不少，前人所褒美者已夥，无俟余之赘述也。兹就平生所遇，较为稀见之物，依时世先后，次第品评如左。凡墨迹已见于昔贤著录或论及者，今概避而不言，所以远因袭之嫌耳。

黄庭坚书

黄庭坚，字鲁直，号山谷道人，又号涪翁，今江西修水人。宋治平三年进士。与秦观、张耒、晁补之同游苏轼之门，时称苏门四学士。能为文章及诗词，尤擅书法。大字仿瘗鹤铭，狂草拟僧怀素，行书笔势潇洒，超轶绝尘。赵孟頫尝云："黄书如高人胜士，望之令人敬叹。"其所以服人至此者，固自有在也。观其书法纵横奇倔，以侧险取势，自成一格，笔锋飞动，风韵天成，自是不废大家。余尝获睹其所书诗幅一帧云："雨余竹树明，风恬鸟声乐，睡起北窗凉，夕阳在高阁。元祐三年秋七月黄庭坚书。"共三十一字。考鲁直生于庆历五年，下逮元祐三年，时方四十三岁，故运笔不若晚年之苍劲耳。此幅纸用蜡笺，印用朱调水蜜法，皆宋制也。幅宽一尺四寸，高二尺一寸，末有二篆印：上曰"庭坚私印"，下曰"山谷"。乾隆时为江都秦恩复所藏，曾属王文治跋之，录于别纸，装在帧首。恩复字敦夫，乾隆进士，官编修，精于鉴赏，收藏甚富，固视此品为山谷真迹而什袭宝有之者也。王氏题跋，未有印记，则由腊末作客于外，未携印以行耳。验其字迹，信为文治所书无疑。

李山画

金人李山，官秘书监，工于绘事。尝画《风雪松杉图》，用笔潇洒，清绝有致，出蹊径外，见《弇州山人稿》。顾其遗墨传世不多，故论及者甚罕。余往来南北，惟获观其所为《东溪归渔图》真迹一幅，绢本，宽一尺五寸，高二尺四寸。有庐出于层岩之下，俯临溪谷，杂树环生。一舟归自外河，倾首望其家门，情态生动。山石壁峭，木枝杈枒。画笔刚健有力，气势甚雄，诚剧迹也。幅之右下岩石间有"东溪归渔，李山制"七小字，盖其所自题。

马远画

南宋马远,字钦山,其先河中人,世以画名。后居钱塘,光宁两朝为画院待诏,画山水、人物、花鸟,为院中独步。下笔严整,用焦墨作树石,笔皆方硬。以大斧劈带水墨皴,气势轩昂,殊见功力。余于汉上见其《松岩远眺图》真迹,纸本,中有折痕。宽一尺四寸,高四尺。幅左峻岩壁立,一高士坐长松下,作仰望形。画松枝瘦劲如屈铁,作人物衣褶线条分明,皆其画法之特点也。幅之下方,所盖藏家图记,除有"子京父印""墨林秘玩""春草堂图书记"诸印外,尚有"张维屏秘笈印"一方。考维屏字南山,番禺人,道光进士,少有才名,著述甚富,尝官湖北黄梅、广济知县。此幅为其旧藏,盖仕鄂时散失于外者,故余得于汉上遇见之也。

张雨画

　　元代道士张雨，字伯雨，号句曲外史；一名天雨，号贞居子，钱塘人。工诗词，善书画，与赵孟𫖯、杨载、虞集为文字交。《珊瑚网》称其"善画，用笔古雅，深得六朝气韵，使北苑复生，不能为也"。其为人推服至此，盖有由也。余所见其《濯足图》真迹，纸本，宽一尺三寸，高二尺七寸。左画悬岩千仞，一朱衣道士临流濯足，仰天而视，神态自然。旁置一笠双履，绘其文理粲然，精细入微。幅之两旁，印记累累，盖叠经藏家收弄，诚希世之珍也。伯雨书法清新流丽，有晋唐人神韵，世多称其诗文书画，皆为元代道品第一。此幅左上山岩石壁间，犹有"贞居子"三字题名，纸本虽已剥落，尚隐约可辨。

王鉴画

　　元代王鉴(与明末清初之王鉴异),真定人,字明卿,侍父宦游吴中,长受学于虞集,遂工诗,亦善画。与昆山顾仲英及倪高士辈,文酒往还,不求仕进,时人贤之。尝游燕都,以茂才举试侍仪司舍人,鉴宵遁。杜门二十余年,晚节益高。山水出入董、巨,诗亦清隽可诵,有《明卿集》。余所见其水墨山水一帧,绢本,宽一尺六寸,高三尺二寸。高山在上,而杂木丛生于下。淡墨渲染,树影稀疏,自有简洁高逸苍茫深秀之妙,一望而知为元人手笔也。明卿画世不多见,若此幅笔意浑融,尤为难得。论其功力所诣,几与元季四大家黄、王、吴、倪诸人等矣。自题戊申秋八月作,则元武宗至大元年也(公元一三〇八年),距今将六百年矣。

揭傒斯书

揭傒斯，字曼硕，谥文安，乃元代名儒，尝与修《经世大典》及《辽》《金》《宋》三史。《元史》本传称其"善楷书行草。朝廷大典册及元勋茂德当得铭辞者，必以命焉"。可知其文章书法，为时所重。余虽未遇见其纸本墨迹，而往岁于燕市独得其遗砚。砚为石质，长市尺八寸，宽五寸，高一寸八分。左侧刻有"淳熙元年夏日制"七字，字较大，本宋砚也。右侧有铭词曰："廉而不刿，高而不危，清而不耀，涅而不淄，是曰石交，吾敬之重之。揭傒斯。"共二十八字。字乃行草，精健闲雅，苍古有力。盖此砚本宋制，文安得而用之，故补镌铭词。如疑其出于作伪欺世者所为，则原物已早题淳熙年号，作伪者自可托之南宋名德巨人，不必属之揭傒斯矣。

康里巙巙书

　　蒙古族人康里子山，以善书名世。其父不忽木，在元世祖后期，曾拜翰林学士承旨，兼修国史。其兄康里回回，书法师颜鲁公。子山承父兄之教，得精书道。《元史》本传谓其"善真行草书，识者谓得晋人笔意。单牍片纸，人争宝之，不啻金玉"。《书史会要》复称其"正书师虞永兴，行草师钟太傅、王右军，笔画遒媚，转折圆劲，名重一时"。是子山书法之工，早有定评。大抵其书以骏快著称，与当时风靡一世之赵体有所不同。盖赵孟頫书以秀媚平顺为特色，而子山下笔则奇崛独出，显示出蒙古族之刚强性恪。两家书体势不同，而同为大家。当时已有北巙南赵之誉，惜子山传世之作不多耳。余平生酷好其书，早岁既于《三希堂法帖》《书道全集》中得临摹其墨迹，后又于京、沪各大馆中得观省其遗存。叹为刚劲有力，确是杰作，亦可谓为古代少数民族中善书之魁士已。

赵孟頫书画

赵松雪为宋太祖十一世孙，以书画名天下。《元史》本传称其"篆籀分隶行草书，无不冠绝古今"。画则山水人物树石花鸟，无所不擅。尤以善画马见称于世。文采风流，声名地位，书画文辞，俱足以左右一世之趋向。即以其家门之内而言，父子男女及其戚党，无不善画，画无不工。盖观摩濡染有以致之也。在其书法中，尤精正书行书及小楷。所写碑版甚多，圆转遒丽，人称赵体。存世书画真迹较多，人皆珍重而临习之。他人书画，优于此者或劣于彼，松雪悉造其微，皆极精妙。良由天资高而学力到，方克臻此，自非常人所能逮。后世以其为宋宗室而出仕元朝，遂多訾议，不免为盛业之累耳。

沈周书画

沈石田书画为有明一代大家，年又老寿，故墨迹流传甚广，而赝品充斥，昔人论之详矣。其山水画少承家法，长博习宋元名家，皆能出入变化，自成一体。四十以前率盈尺小帧，四十以后，始拓为大幅。粗枝大叶，虽草草点缀，而高致绝人。余生平获见其墨迹已多，其确为真品者，以所画松为最佳。尝观其《百松图》长卷，后复系以数百字长诗。画松但见其干本而间出枝叶。笔力刚健，精神四溢，叹为稀有。又有自画《幽居图》横幅，两老松环抱其宅，一翁独坐其中，高蹈不仕，肖其为人。又睹其设色山水长卷，用笔劲利，如铁画银钩，力可扛鼎。而无一毫霸悍之气，此其所以卓也。其四十以前小品，余复得览数帧，率工细如初学，与后来奔放之笔，迥然不同也。字仿黄庭坚，遒劲奇崛，视山谷书又变化矣。

文徵明书画

长洲文徵仲身擅众艺,与赵松雪大抵相似:书画皆极精妙,一也;书擅多体,小楷行草尤佳,二也;一门子姓继起者众,直可称文艺世家,三也;开宗立派,沾溉至广,影响后世甚大,四也。有此四同,二家乃并见重于艺苑矣。徵仲固钦慕松雪:从而私淑效法者也。此二人文采风流、声名地位,自足相等,皆可称旷代雅才,非独彪炳元明两代艺苑已也。所作既多流传至今者,散在各大博物馆内,真迹不少。余既博观详省,亦未暇一一记之。

文粗沈细

沈石田画，粗笔为多；文衡山画，细笔最广。沈画豪放，文画精密。就其传世之作观之，其大较然也。然石田之画，有时亦力求工细；衡山之画，有时亦流于粗简；自不可以一概论。惟此类传世之作不多耳。物以稀见为贵，故世之搜求名画者，恒标"文粗沈细"为购藏之准，而价值特高。余平生得见文粗沈细之山水画各一，并为绢本。沈画甚大，庐舍人物，布局井然。最奇者，上有老松五株并立，树干枝叶，婀娜多姿。虽以善于工笔者图之，无此精妙也。文画为一长幅，川流似急，而一舟悠然；两岸庐舍分布，一松特立其间；杂树皆已落叶，盖写秋景也。上惟题徵明二字、复有小印一方。沈文二画，信为真迹。

唐寅画

　　唐伯虎生与文徵仲同时，以名解元绩学能文，而从周臣习画，后竟青出于蓝。或以询周："奚为弟子乃过其师?"周则曰："只少唐生数千卷书耳。"其为时人推服至此，殆非偶然。山水摹拟前人，自宋李、范、马、夏以及元四家，无不研讨。行笔秀润缜密而有韵度，至若人物、仕女、楼阁、花鸟，悉臻精美。观其所绘东方朔像，即见其滑稽多智;《弯弓力士像》，即象其膂力方强。其他如《宫妃夜游》《簪花仕女》诸图，皆极工妙。余又获见其所画扇面及《云槎图》，如其所绘小幅山水，尤见精神。大抵伯虎书画，步趋赵子昂，书法尤为近似，惟气力稍弱，未能及之耳。

仇英画

世恒称沈、文、唐、仇为明代绘画四大家。若明确论之，仇实父非三家匹也。其画纤媚柔润有余，风骨气力不足。摹古固足以乱真，创新则未见有作。要其大归，实遥承南宋画院余习，以精丽艳逸相高，非画家正轨也。所绘《汉宫春晓》《文姬归汉》诸迹，最为人所称许。而尤工仕女，神态生动，为明代工笔之杰。既以工丽见誉于时，又徇当世地主、官僚、巨商、文士之需，求者不拒，所作遂滥。以其善绘历史风俗画，世遂谓其有秘戏图，以象男女淫亵之事，后又谓为春宫图，自宋画院中已有之，而实父承其余绪，最为世所诟病。以明代四家观之，则仇氏画品为最下矣。

蓝瑛画

　　钱塘蓝瑛,字田叔,号蝶叟,晚号石头陀。善画山水,早年从宋元诸家入手,于黄公望用力尤勤。晚年笔势苍劲,较沈周为甚。亦工人物花鸟兰石,极北宗雄犷之观。论者谓浙派山水,至瑛为极盛,得名几与沈、文并重。其年少时工整之作,流传较罕。余尝得观其《松荫书屋图》长幅真迹,极其秀润。长松数株并起,叶茂覆宇;前有平林,依稀可数;远山峻岭,叠起于上。布局之精,设色之雅,可以见其早年功力也。有题句云:"古木半落叶,秋风初满林,无人领此意,野趣自高森。"历年悠邈,故纸本陈旧耳。

王守仁书

昔徐文长尝言："古人论右军，以书掩其人。新建先生乃不然，以人掩其书。睹其墨迹，非不翩翩然凤翥而龙蟠也，使其人少亚于书，则书且传矣。"是阳明虽为理学大儒，以功业显，而书法亦卓然不废，为世所重。武昌徐行可先生自收藏图籍外，复留意古书画，尝得阳明所书长卷真迹于湖南。遒迈冲逸，韵格天成，精光烂然，直射人目。余从借观，留斋中三日。反复摩挲玩绎，叹为清劲绝伦。徐翁旋携至苏州，乞章太炎跋之。后复属余题识于尾，余退畏不敢着笔也。

徐渭书画

　　徐文长尝自言："吾书第一,诗二,文三,画四。"识者许之。余观其所书诗幅真迹,绫本,甚长大。其诗云："清邃林亭指画开,幽岩别派象天台;坐牵蕉叶题诗句,醉触藤花落酒杯;白鸟不归山里去,红鳞多自镜中来;终年此地为吟侣,早起寻君薄暮回。"字体为行书,笔意奔放苍劲中姿媚跃出,世称其行草书精伟奇杰,信不诬也。《明史·文苑传》称其善草书,盖草书尤为擅长耳。余获睹其画迹如墨梅直幅、墨竹横幅,皆有一段草书题语,如神龙变化,极尽遒婉之致,非他家所易学步。文长作画,不守故辙,自出新意,对后世影响极大。

陈淳书画

文徵仲弟子甚多，而陈白阳为之魁。徐文长称其"花卉豪一世，草书飞动似之"。盖白阳习画，尤擅花卉，故为名家所誉。余尝得观其水墨花卉长卷，集十数种花于一卷，各为区分而比次之。不施色彩，形状逼真。藏家图记，有"叔鸿秘玩"四篆小印，乃长沙徐氏宝鸭斋中物也。又尝于燕市见其水墨菊花大幅，极其淡雅，略加点染，斐然成章。非有熟练之功，莫能逮此。中年以后，亦作山水，参米、高法，写意而已，顾传世之品不多。书法行草俱胜，观其题画之字可知。

吴伟画

　　江夏吴小仙，善画山水人物，运笔雄健豪放，纵横排奡，挥洒自如。人或病其无蕴藉含蓄之致，土气少而作家气多，其实不然也。余尝于武昌徐氏处，见有小仙所作大幅《捕鱼图》真迹，渔舟环集，而举网者神态逼真，小至网之孔目，大至人之往来，巨细尽见，无不毕肖，真奇观也。又何有霸悍俗浊之气乎！大抵名家作画，或用粗笔，或用细笔，未可一概论也。其于山水树石，俱作斧劈皴，极为遒劲。或传其临绘泼墨如云，旁观者惊骇，俄顷挥洒，曲折大小，各有条理，见者无不叹服。盖有天赋存焉，非人力所能为也。

焦竑书

　　焦弱侯自是明代博学高识之士，故昔人辨章学术，常取弱侯与郑渔仲并论。焦氏著述既富，而议论多通。其说古音，同于陈第；辨《尚书》伪古文，复同于梅鹭；可知其于经学造诣甚深。至于《国朝献征录》《国史经籍志》诸书，又其史学之弘著也。若《老子翼》《庄子翼》，发明尤多。其平生论学识议，悉荟萃于《笔乘》及《澹园集》中，信乎其为一代儒林冠冕也。而顾起元《客座赘语》乃称"弱侯真行结法眉山，散朗多姿，而古貌古骨，有长剑倚天、孤峰刺日之象。"则以能书见称于世矣。余尝得其遗砚于汉上，砚为古砖琢成，琢工不精。砖长今市尺一尺，宽四寸五分，砚端刻有铭词云："千三百年，制为砚田，仁耕义耨，禄食六千。万历庚寅仲夏，焦竑铭，澹园氏题。"末有澹园二字小印。考庚寅为万历十八年（公元一五九〇年），距今将四百岁矣。弱侯虽籍隶南京，尝受学于湖北黄安耿定向，从定向于黄安（即今之红安）。此砖盖得之六朝古墓,即取以为砚,弱侯自铭而自书之。砖质虽不佳,而书效古隶,苍劲有力。成砚之后,制有乌木盖底以装饰之,益足宝已。以砚铭字迹观之,知其本能书也。

孙克弘画

　　华亭孙雪居，为礼部尚书承恩之子。承恩绩学能文，雪居濡染家学，以荫入仕，尝官汉阳知府。善画山水花鸟，又能以水墨写生，竹石兰草，无不精妙。余于汉上遇见其水墨写生花草一幅，中画岩石嵯峨，上有玉兰一枝斜过，下有芝兰并生。轻描淡写，生趣盎然。幅之左上，题有"玉堂共（供）寿"四字，复记"隆庆元年初夏，写于新林学堂，雪居"十四字。有二印：上曰"雪居父"，阳文；下曰"大隐"，阴文。此幅不长而宽，幅之右下有"云间王鸿绪鉴定印"，此盖真迹无疑。

释德清书画

　　憨山大师能书能画,乃禅门绩学之士,不第文艺擅长已也。余尝见其所书一长联云:"燕语破新寒,望山岭云封,生意远浮春草色。虫鸣入诗思,看沙汀月照,瑶琴音续梦痕香。"笔法沉浸于虞、褚者为深也。又尝见其设色荷花一大幅,至为工致。想见其人恬静渊穆,潇然意远,与凡夫俗子固自不同。

米万钟书画

　　关中米仲诏长于书法。《书史会要》称其"行草得南宫家法,与华亭董太史齐名,时有南董北米之誉。尤善署书,擅名四十年,书迹通天下"。则其书法之工,早有大名,为世所重矣。观其题画之字而知为能书名手也。尝获睹其泼墨仿米氏云山画一帧。风雨大作时,一人持破伞从桥上过。浓云压山,有高塔耸立在云雾中,远树依稀可辨。有题句云:"山中一夜雨,树杪百重泉。"景物逼真,诚佳构也。

李流芳画

　　李长蘅以画名,为明末画中九友之一。擅山水,亦工写生。出入宋元,逸气飞动,而《明史·文苑传》称其"工诗善书";《列朝诗集小传》复称其"书法规摹东坡"。是固绘事之余,又长于书也。余尝见其仿倪云林山水真迹一幅,上画石山壁立,下有落叶疏林,简逸清远,乃其画迹中之罕见者。

邵弥画

邵瓜畴以善画山水名,清瘦枯逸,有荆、关笔意。余所见其真迹中,以所画白描水仙为第一。水仙依岩石而生,笔力矫健,蕊瓣分明,叶尤婀娜多姿,信为精品。余尝取恽南田所画水仙比观之,则恽画柔婉萎弱,相形见绌矣。大抵品骘名书画,彼此对校,优劣自分,抑亦衡量之尺寸已。

程嘉燧画

程孟阳以休宁人侨居嘉定最久,工诗。画山水宗倪黄,兼工写生。余得观其真迹凡二:一为水墨画"行到水穷处,坐看云起时"诗意,粗笔大写,纵横有力;一为设色精画《高士扶筇出游图》,一童挟琴以从。长松高立,枝干多姿。而画笔工致恬静,极其清逸。从知此老着笔,固亦能粗能细,无施不可也。

董其昌书画

康熙之末,恒山梁穆为董氏《画禅室随笔序》有云:"有明一代书画之学,董宗伯实集其大成。"此不情之言也,誉过其实矣。文末题康熙庚子,乃康熙五十九年也。清圣祖酷嗜董书,频加褒许。上好下甚,遂成风尚。臣工摹仿,披靡一世。梁氏所言,正足以观当时之趋向矣。自此士大夫莫不淡墨渴笔,师法华亭。流风所播,矜为董派。至使古人苍厚迈往之气,反为习书者所诟病。大抵董书力求柔媚多姿,而骨力不足。董氏亦尝自云:"姿媚旧习,亦复一洗。"可知其自视歉然,殊不慊于其姿媚者深也。至其绘画,用笔柔和,极其秀润,故所作巨幛大幅,尤无气势。惟以位高望重,又益以帝王之表扬,艺苑翕然宗之,不足怪耳。末流之弊,有不可胜言者。论其所诣,亦特堪称文人字画之代表而已。余平生观其真迹虽多,而不甚重之,良以此也。董氏在官为礼部尚书,在乡为恶霸地主,恃权势侵害人民,作恶多端,有识者尤轻蔑之。

陈继儒书画

陈眉公本以画名，与董其昌同时同郡，与相颉颃。世以董陈并称，而名不逮之，董以位高而得显耳。余所见眉公书迹，以大幅墨梅为最超特。茂枝繁蕊，笔力苍健。幅长丈许，宽亦二尺，信为奇观。自题崇祯丙子年作，则崇祯九年也。其书法苏长公，于苏书虽断简残碑，亦必搜访。手自摹刻为《晚香堂帖》。用力不纷，乃凝于神，故眉公之书，亦雅而有致。虽不专以书名，而世人重之。

宋旭画

宋旭字初旸，嘉兴人，一作湖州人。字石门，善书画。游寓多居精舍，禅灯孤榻，世以发僧高之。年八十，无疾而终。尤擅山水，万历间名重海内，宋懋晋、赵左同师事之。在明末画坛，影响为大。余得见其山水真迹一幅，绢本设色，高华苍蔚，端重淡雅。在树荫浓密之下，两高士席地而谈，后则叠嶂重峦，层次分明。惟于左下山石间，题"石门宋旭"四字，复有小印二方。历时虽久，而色泽光彩如新，信可珍也。

谢时臣画

时臣字思忠,号樗仙,明末吴人。善山水,得沈石田法,尤能作屏幛大幅。尝获睹其绢本设色山水真迹一帧,庐舍水亭,布置井然。树木浓荫,环其左右。主人坐水亭中,观渔舟垂钓,情景逼真,甚有气概。幅之左上题语云:"乙酉冬十月,孤镫闷坐,作此消遣。"乙酉,乃顺治二年,明亡之次年也。盖有感于故国之思而作此欤!

张瑞图书

晋江张二水以善书名。《桐阴论画》谓其"书法奇逸，钟王之外，别辟蹊径"。盖其人富于创新精神，与钟王传统体系迥然不同。结体奇崛，运笔劲利，气势动荡，令人耳目一新。在当时别树一帜，自是难能可贵。余尝见其条幅真迹不少，信多精妙。明末书家至有取与邢侗、米万钟、董其昌并论者，盖重之也。徒以其人依附魏忠贤，仕至大学士。后以逆案坐徙，至赎为民，士论以此鄙之，后遂无传其书者。

凌必正画

必正字蒙求，一字圣功，号贞卿，明末吴郡人。崇祯进士，仕至广西副使。善画山水，设色妍雅，花鸟亦迥出时流。余尝获睹其墨笔山水真迹一幅，清逸绝俗。自题"乙酉新秋画"，则康熙八年也。幅末左下有"云溪渔父"一印，盖其所自号已。

项圣谟画

　　嘉兴项圣谟，字孔彰，乃明末大收藏家项元汴（字子京，号墨林山人）之孙。家藏古书名画至夥，宋元名迹尤多。孔彰自少寝馈其中，既精鉴赏，复勤临摹，以善画名世。画师宋人，与明末诸老但求笔趣者大别。余尝见其画平林山水一幅，树木茂密，一老者扶筇入林，设色淡雅，画笔超逸。幅之长三尺六寸，宽二尺许。上端题有句云："细雨晴香鸟乱啼，绿云如泼翠如泥，林深不见人家住，到此常闻唱远鸡。"此帧为其子孙世守，故右下方有"项氏崇洁庐珍藏"印。传至其十一世孙世澄，乃出以征题识于凡庸，此画遂为俗笔所污。其间虽有曾熙跋语，亦草率不足为名画增色也。

吴伟业画

吴梅村学问博赡,诗文工丽。歌行一体,尤所擅长,有大名于明末清初。亦善绘画,山水得董、黄法,清疏韶秀,脱尽时俗习气。然不轻作,传本无多,余得观其大本山水画册,凡十二开。设色清淡,写景逼真,皆仿宋元人笔法。其中如《碧桐秋月》《万籁秋声》《梅庄雪霁》《跨骡寻梅》诸帧,尤为超绝。自题"壬寅初秋作",则康熙元年也。中有椒堂、荷屋诸家藏印,尽为鉴赏家什袭珍弄已久,故版面犹新,惟略有虫蛀耳。

戴本孝画

休宁戴本孝,字务旃,号鹰阿山樵。工诗,善画山水,恒以枯笔写元人法。余昔见其墨笔山水画册,凡八开。全用干墨涂染而成。清深幽远,自具一格。每帧题五言诗一首,气韵亦高。下方分盖"翁同龢书画记""松禅所得""翁氏珍秘""叔平"诸印,知曾为常熟所藏,非可多觏之物也。

恽本初画

　　本初字道生，后改名向，号香山。明崇祯间，举贤良方正，授中书舍人，不就。工诗，山水师法倪、黄，苍老雄浑，为时所称。惟所作不多，传于世者尤罕。余尝见其设色山水一帧，绢本。自题"香山向"，为"庚午小春"作，则崇祯三年也。其族晚寿平用别纸题其上云："香山翁画，盖不多觏。此幅规摹一峰，极浑厚华滋之妙，为翁生平致得意笔。今归十四叔父所藏，命寿平记之。"有此一跋，相得益彰矣。往者又尝遇见其所画绢本花鸟一幅，树叶茂密处，有朱雀一双止于枝杪，生气盎然，但题"道生"二字于右下。从知掩有众长，非仅善于山水已也。

戴明说画

明说字道默，沧州人。工诗文，善画山水墨竹。明崇祯进士，官至兵科给事中。农民起义军李自成陷京师，明说从之。及败，逃归乡里。顺治初，起原官，累擢户部右侍郎，坐事降调。后官至太仆寺卿，被劾革职以终。其画迹流传不多，余平生惟见其二幅：一为墨笔大幅山水，气势磅礴，笔意超特；一为设色小幅山水，亦见工妙，皆真迹也。

徐枋书画

　　明末遗民，以徐俟斋节行最高。父汧殉难，庐墓不出，隐上沙土室。读书外，终日不发一语，不见一客，守约固穷，四十年如一日。汤斌抚吴，慕其为人，两屏驺从访之，不得一面，尤为世人所钦。工书善画，山水师董、巨，卖画自给，例不书款。有购得片纸者，珍同拱璧。余尝见其纸本墨笔山水真迹一幅，除自盖图记大小数方外，又有"阮元眼福"四字小印在山石间。盖俟斋之作，传世者稀，人或得之，莫不宝藏而爱重之也。书善行草，上法《十七帖》及《书谱》，瘦硬通神，如傲雪老梅，屈折萧疏，生意自足，但观其题画之字而可知矣。俟斋本崇祯举人，学问博赡，有《居易堂集》。

梅清画

宣城梅瞿山，顺治举人。绝意仕进，以诗名江左，尤擅书画。王士祯称其山水入妙品，松入神品，有大名于清初，实亦明季遗民也。余最赏重其《观瀑图》真迹。于层岩叠嶂间悬瀑百丈，一翁坐其旁山谷间，袖手仰望，逸趣横生。有树倒垂出右罅，枝叶繁茂，境尤清旷。非高人雅致，不能为此。是以画家贵有书卷气，尤重在有洒脱胸怀也。纸本如新，良可宝已。

查士标画

　　海阳查二瞻,号梅壑,明末诸生,流寓扬州。工书,尤善山水。明亡,专从事于书画。画初学倪云林,后参吴仲圭。用笔不多,惜墨如金。余尝观其纸本山水横幅,小舟泛游,林亭散落,秋树远山,笔简意长。风神懒散,气韵荒寒,全是云林笔法。款题"羊山先生师座",乃真迹也。末有金冬心、华秋岳题跋,信为传世之精品。

朱耷书画

　　八大山人为明宗室，世居南昌。甲申后为僧，自称雪个，又号个山驴。嘟饮工书，又善画山水花鸟竹木。用笔纵恣，不泥成法。而尤精于花鸟，大都形象怪诞，情意奇特。画笔固以简略胜，其精密者尤妙绝，惟世不多见耳。余所观览八大山人画多矣，幸得见其仿古精密之作、水墨画纸本《荷花舒凫图》大幅真迹。池荷十茎并上，参差不齐，各有大叶敷舒，高下相错。复挺出大花两朵，一已怒放，一犹含苞。下有三鸭，游行池中。全幅精神贯注，用笔工妙绝伦。上题"仿吕四明笔意"，乃规摹吕纪工笔花鸟之作也。如此巨幅精品，自非八大所常作，故流传于后者尤稀，至可宝也。又有墨笔《双鹰图》，纸墨并新。下有"小玲珑馆书画印"，知为乾隆时收藏家马曰璐旧物，爱护甚至，故纸本犹新耳。山人书法，有晋唐风格。尝见其所临《兰亭序》大幅字，书有别趣，不必尽符右军笔意也。款题"而老年兄"，则为书赠王船山者（王夫之，字而农），尤足珍已。

道济书画

　　道济原名朱若极，字石涛，号大涤子，又号清湘老人、瞎尊者、苦瓜和尚，明楚藩后。明亡，逃于禅。早岁漫游名山大川，后乃寄居扬州，以卖画为生。凡山水人物、花果兰竹，无不精妙。脱去时习，独出手眼，时推江南第一。与八大山人同时，尝乞书画于山人，有致山人书云："款书大涤子、大涤草堂，莫书和尚。济有冠有发之人，向上一齐涤。"是其人盖以僧自掩，而实非僧也。著有《苦瓜和尚画语录》，于绘画理论，阐发甚精。余生平赏览其真迹不少，要以山水为最工。留余心目而不能忘者，有大幅山水二、山水屏四幅，皆纸本也。最精者则一绢本小幅，仅高一尺二寸，宽一尺。淡墨简笔，清雅绝俗。上题词二阕于"幕府山仍北"五字之次。此虽小帧，而书、画、词堪称三绝。石涛论画，重视独创。恒言"我自用我法""搜尽奇峰打草稿"，而不屑为陈规旧习所囿，影响后来画风至大。书法亦空所依傍，自成一格，愈小愈好。

髡残画

髡残本姓刘，出家为僧，始改名。字石溪，一字介丘，自称残道人，晚署石道人。湖南武陵人，住金陵牛首山。擅长绘画，所写山水，奥境奇辟，林峦幽深。笔墨苍古淳雅之趣，超逸时流。余尝见其纸本山水真迹一幅，果卓然一大作家也。后人论画，常取与石涛并称二石，为清初能画高手，非偶然已。清初画家，允推八大、石涛、石溪、渐江四大和尚格调最高。八大、石涛，遗作犹多；石溪、渐江，则较稀少矣。

弘仁画

　　弘仁，俗姓江，名韬，字六奇，歙县人。事亲孝，亲没始改名为僧，字渐江，人称梅花古衲。以画名，尤善山水。法倪云林，为简笔画。清逸高雅，独成一格。不常挥毫，流传本少。又以其名"弘"字，与后来乾隆帝御名"弘历"雷同，触犯忌讳，例当回避。故自乾隆以来，藏悬其画者益稀，而留存至今者不多也。余尝见其纸本山水横幅真迹，远山近帆，悠然意远。复睹其山水斗方数开，着墨不多，秋树稀疏，悉倪高士法也。

祁豸佳画

山阴祁豸佳,字止祥,天启举人,官吏部司务,国亡不仕。工诗文,擅书画,隐居数十年以终。其兄彪佳,以进士官至右佥都御史,巡抚江南。南都失守时,绝粒端坐池中死,世尤高之。兄弟俱以节义为时所称。止祥精于艺事,余尝见其所画绫本墨笔荷花长幅,遒劲有力。上有题句云:"六欲天人久住天,红尘扰扰又重迁,临歧试问拈花老,不逐流波是宝莲。戊寅十月,为弘仁和尚嘱画此,因拈求忏。"戊寅乃崇祯十一年,此幅为渐江上人作,尤堪珍异矣。

黄道周书画

世之推重石斋书者，恒称其行草离奇超妙，为一时冠。余独钦服其楷法遒媚，直逼钟王，尝获睹其所临钟太傅《宣示表》真迹一长幅，精妍绝俗，古雅无伦。点画之间，多有逸趣。吾生平所见书家临摹《宣示表》者已多，自以石斋斯为第一。幅末左下有"求阙斋"三字印，知为湘乡曾氏旧藏，实罕见之剧迹也。石斋亦兼善画，所绘山水人物，皆甚工妙。余尝见其所画长松大幅，气势雄伟，下有怪石紫芝小竹。石斋题其旁云："岁寒心事谁能识，惟有疏筠可结邻。"此盖石斋临危授命之先，预作此图，自明心志之语也。书画并佳，叹为观止。石斋学行超卓，节义凛然，故其书画为世所珍。昔人尝称其遇难前作水墨大画二幅，长松怪石，极其磊落（见《五石瓠》）。然则余所遇见者，岂即其中之一耶？余之眼福，为不浅矣。

倪元璐书画

倪鸿宝与黄石斋同科进士，风节文章，亦绝相似。书画俱工，落墨超逸。行草尤极灵秀神妙，为时所称。画迹亦极卓特有致。余尝见其真迹凡二：一为大幅纸本《秋树图》，画双枯树交互错立，笔力雄健，下有丛篁，则生气盎然矣；一为中幅绢本水墨山水，苍润逸雅，但有题名而无印章。人之见之者，疑以为伪也。余则以为此不可以一概论。世间固有印章烂然而属赝品者，亦有不见印章而确为真迹者。盖人之行止出处无定，或作于旅途，或成于客舍，仓卒挥毫、未携印章者自夥，何能限以一例。况世之作伪者，莫不于印章有无，刻意讲求，故世间伪品未有不盖印者，真迹则不必尽然。可知从事品鉴审定者，自不可拘泥于此也。

马守贞画

　　明代金陵名妓马守贞，字湘兰，以能画驰声艺苑。守贞小字符儿，又号月娇，居秦淮胜处。放诞风流，善伺人意。性复豪侠，恒挥金以赠少年。感吴人王百谷（穉登）解人之厄，欲委身焉。百谷不可。万历甲辰秋，百谷年七十，湘兰往飞絮园，置酒为寿。燕饮累月，既归而病，礼佛端坐而逝。有《诗》二卷，百谷序而传之。《序》中称其"轻钱刀若土壤，翠袖朱家；重然诺若丘山，红妆季布"。盖亦非凡女子也。湘兰之画，余见其所图兰竹多矣，其中有精画兰花小幅二帧，纸狭长而花叶茂，俗称鸳鸯条，藏家合装为一幅，极其清雅。此外有二真迹，余最赏重：一为《池花蛱蝶图》，蝶形之美，池花之丽，巧夺天工，令人叹服，此其三十以前作也；一为《群仙拱祝图》，画竹数茎挺生，而水仙环出其下，花正盛开，乃所以为百谷庆寿者。自题"作于尊生斋"，尊生斋者，百谷书室也。作此画时，年已过五十矣。未几而湘兰下世，百谷什袭藏之,故幅末有"王百谷印"一方。足以证其事之不虚,亦艺苑掌故也。

四王画

　　清初山水画,世推王时敏、王鉴、王翚、王原祁为四大家,号称"四王",其中以时敏及鉴年辈最早,在明末已蒙董、陈所激赏,成才甚早,隐然画苑领袖。同时又有王翚,能镕古今为一家,时人重其画,至称为画圣。此三人同时而相与讨论,得切磋之益。原祁乃时敏之孙,继承祖法,名亦甚重。四王皆臻老寿,写作繁穰,传世之品亦最多。而尤以王石谷(翚)之画迹为盛,有力者可以贱值得之。清末户部侍郎张荫桓,酷嗜其画,购藏百轴,至以"百谷"名堂。其实四王所画山水,大抵以仿古摹古为主,继承多而创新少。承唐宋元明以来画家之绪而无甚变化。以今观之,但可谓为正统派之文人山水画。以视四大和尚大胆创新之风,固远不逮也。余平生所观四王真迹虽多,论画品,自以时敏为高。石谷所作夥矣,余所重者,亦在其粗笔山水耳。

吴历书画

世之论清初山水画者,自四王外,又益以吴历、恽寿平,合称为"四王吴恽"。夷考其实,吴、恽两家,不可与四王混为一谈也。历字渔山,因所居有言子墨井,故自号墨井道人。其致力绘画,虽亦始于摹古,然入而能出,重在实景取材。气魄雄厚,皴染浑穆,叠嶂层峦,气韵深沉,绝非四王所能及。徒以其人孤高绝俗,与当时达官贵人隔绝,知之者少。后又信奉天主教,弃家远游,居澳门尤久。晚年笔法一变,多作云雾迷漫之景。论者谓其已吸收西洋画法,参入己作,理或然也。惟其遗墨流传中土者不多,今虽各大博物馆亦罕睹。余仅遇见其真迹凡三:一为《高士骑牛出游图》,一为大幅山水,一为小幅山水。厚重清逸,俱极精妙。渔山工书,上法东坡。观其画中题字,即可辨其真赝,非作伪者所能得其仿佛也。

恽寿平书画

恽寿平,初名格,字曰寿平,后以字行。又字正叔,号南田,别号云溪外史;晚居城东,号东园草衣;迁白云渡,号白云外史。初善山水,及见王石谷,乃以山水让其独步,已遂改习花卉禽鱼,为写生正派。终以花卉名重艺苑。而其山水高旷秀逸,妙绝等伦,实非四王所能及。惟其早年所画山水,散佚已多,故得其山水真迹,价值在花卉上,以流传于后者已稀耳。余尝览恽画,亦特重其山水之作。尝见有绢本墨笔山水大屏四幅,全仿元人笔意,题字甚多。每幅右末有"商丘宋荦审定真迹"八字印记,信非赝作。此外,大中小幅画条及手卷、斗方、扇面之属,所遇甚夥。惟其画过于秀润,乏雄伟之气魄。故所作山水,愈小愈工。拓为大幅,则力有不胜。盖由一生体弱,不足以振起之也。得年仅五十八,在清初画师中,寿最不永,未克竟其业,故论者尤惜之。至其从事花卉,以北宋徐崇嗣为宗,创纯没骨体,清秀妍雅,工整艳丽。于生动之中，富书卷之趣，成为花鸟画正宗，非偶然也。书学褚河南，诗笔超逸，非徒善画已耳。花卉赋色之妙，为古今绝艺，余所见尤多，兹不具论。

郑簠书

郑谷口学汉碑，沉酣其中三十余年，致力于《曹全》《史晨》诸碑，而加以变化，自成一家。朱彝尊至称其八分为古今第一，知早为当时所重矣。余留心搜访，尝得观其隶书大字五言联云："砥行碧山石，结交青松枝。"运笔沉穆古朴，极见精神。又获睹其篆书直幅，节录张子《西铭》，亦谨饬遒劲，皆逸品也。世之论书者，但推重其善隶，而不及其能篆，则由其一生作篆甚少，传于世者尤稀，知之者不多耳。

高其佩画

辽阳高其佩，字韦之，号且园。由宿州知州累官都统，工诗。能以指头作画，海内珍之。凡山水人物、花木鸟兽，一经涂染，靡不精妙。余尝观其指头画屏四幅，写四时人物不同之活动，景状逼真。运指遒劲，设色淡雅，虽用笔画，亦难臻其工致也。又尝见其大写野兔长幅，栩栩如生，皆真迹也。且园本善笔画，得之者视同拱璧。功力既深，变化自易。故其用指作画，运转自如。

乃有世俗之士，本不能笔画，妄为效颦，遂成恶道矣。犹之用粗笔作画者，必先有精细之功力，以立其基；否则任情恣肆，全无规范在心，虽欲以简笔取胜，不能有成也。

李世倬画

　　李世倬字汉章，号谷斋，高其佩甥也。官至副都御史。善画，山水得王石谷指授，人物师吴道子，花鸟果品，传舅氏法，各臻其妙。余尝观其所画《长松高隐图》，甚清逸渊穆。又有一幅描绘花果草虫，亦至精妙。高氏尝以指头画法授之，彼皆易之以笔矣。

陈书画

秀水陈书,乃钱纶光之妻,钱陈群之母。自号上元弟子,晚号南楼老人。早岁居贫课子,俾成其才。及陈群既贵,有《夜纺授经图》以传其事。书既敦习经传,又好临摹名画,遂以精于绘事有名于时,尤工花鸟草虫。笔力老健,风神简古,亦兼擅山水人物。沾溉所及,子孙戚党多善画者。余所观其遗墨中,独赏重其墨梅一帧,秀妙绝伦。其上题语甚长,别有一行大字云:"笔情疏逸,气韵生动,殆得梅之性者。"此乃自评之辞,非矜夸语也。

袁江画

江都袁文涛,雍正时供奉内廷。善画楼阁山水,界画为有清第一。界画者,画家用界尺作线,画成宫室楼台也。宋元时,画有十三科,而"界画楼台"乃其中之一,是见重于艺苑早矣。自文人画兴起,薄界画为"匠气""俗气",群相鄙夷,而文涛与其侄耀,独重振其绪于存亡绝续之交,使此一传统,得到继承与发展,在绘画史上,自有其重要之意义。余尝观其所画青绿山水屏四幅,楼阁既甚精工,山水亦殊清隽。其人长于写实,除描绘古建筑外,复善写人物形象及园林景色。构思变化既多,乃益见其画之活泼生机,自成一格。世人徒目为拘泥板滞之作,犹未能通观其全也。

董邦达画

　　富阳董东山，以雍正进士入词林，官至尚书。又尝供奉内廷，预修《石渠宝笈》《秘殿琼林》诸书，既精鉴赏、又擅绘画。山水取法元人，善用枯笔。余尝见其摹元人《竹趣图》真迹，一茅亭悠然在竹林中，有老人坐亭内观鹤往来，丛竹之外，复有田畴环绕，稍远则培塿、平林也。运笔清雅绝俗。观此一幅，即可知其画风矣。其子诰，号蔗林，官至大学士，亦工山水。

边寿民书画

乾隆中画家最善写生者,莫如山阳边寿民。寿民字颐公,居淮滨芦苇丛生处,因自号苇间居士。不与尘俗事,为淮上高士。日以写生绘画为乐。芦苇为凫雁游止之地,因得图写飞禽之状,以善画芦雁著称于世。其友程晋芳《勉行堂文集》有《淮阴芦屋记》,叙其事甚详。所画芦雁,固称绝艺。旁及花卉翎毛、鱼蟹蔬果,均极精妙。余平生最欣赏其所作,获见其长短幅及大小册叶真迹多矣。而尤钦重其芦雁大幅屏四帧,或飞或潜,或动或静,形态不一,各肖其状。而苇叶纷披,更见清快。悬之室壁,有如游至水滨,顿得凉爽也。颐公工诗词,擅书法。凡有所作,不论大幅小帧,皆有题辞。书与画交相生辉,极其精雅。后之画家,虽欲效之,莫能及也。

钱维乔画

武进钱维乔，字竹初。其兄维城，以乾隆时状元，官至刑部侍郎，善画，有名于时。其实论及学力，固不逮其弟之精醇，观《竹初诗文钞》，则可知其根柢也。竹初亦善绘事，尤工山水，不在乃兄之下。徒以其兄位高望重，遂为所掩耳。余尝见竹初所为小幅写景画，岩石之旁，上有竹叶，下有芝草。但题"如意平安"四字，盖献岁发笔之作，而精细异常。可知画之高下优劣，本不以大小定也。

潘恭寿画

丹徒潘恭寿，字慎夫，号莲巢，乾隆时名画家也。尤善山水。初苦无师承，尝请画法于王宸，宸以"宿雨初收、晓烟未泮"八字授之，画大进。兼工写生人物。与书家王文治为执友，每作画，多由文治题之，时称双璧。余尝见其《雪景图》真迹，临陆叔平《关山积雪图》也。积雪之中，有红梅，有水阁，一童抱琴随扶杖老翁沿桥而过，仰望则群山皆为雪压矣。情景逼真，画笔生动。王文治补书陆氏原诗于帧首，尤堪珍异。

刘墉书

刘石庵书名甚大，亦由位高寿永有以致之。其书初从赵松雪入，复兼习董香光，后又上跻魏晋，集帖学之成。轻之者则谓其书圆润软滑，重之者则谓其书劲气内敛。故自来有人摹习其书，亦有人鄙夷其法。大抵书道不从篆隶入手者，骨力必弱。刘书病在肉多骨少，故濡染不能振起，如欲以精华蕴蓄解之，亦殊失其本真矣。世之好其书者，至比之黄钟大吕之音，清庙明堂之器，推为一代书家之冠。又谓其融会历代诸大家书法，而自成一家。目为金声玉振，集群圣之大成。此种议论，直阿谀之辞耳，刘书何足以当之。明清两代以达官而致艺苑大名者，吾于董其昌、刘墉两家见之。平生于二人墨迹所阅虽多，不欲论其高下也。

钱沣书画

《佩文斋书画谱》止于元明，其补述有清一代书画者，如冯氏《国朝画识》，蒋氏《墨林今话》，皆其选也。有冯书而清初迄于乾隆之有名画家悉在，有蒋书而乾嘉道三朝之书画能手皆备。然亦有失之漏载者，如钱沣是也。沣字东注，号南园。乾隆三十六年辛卯进士，官翰林院检讨。后入谏垣为御史，弹劾名公大臣无所畏避，尤为相国和珅所忌。凡遇烦苦事多委之，卒以劳致疾，没于乾隆六十年乙卯秋，年仅五十六。论者或谓南园在当时直声震天下，将劾和珅，珅实先焰杀之，殆不诬也。

南园自少临池，笃好颜真卿书体。亦以景慕其人品气节为不可及，而仰望效法之耳。其后南园为人侃直，刚正不阿，实亦与颜相似也。清初书法，为"馆阁体"所笼罩。自帝王以至士大夫，莫不奉董其昌书体为师法。南园独异军突起，以苍劲质朴力纠当时柔媚软熟之习，自是书法中一大改革也。南园不特书法超逸，复擅绘画。一生画马画石，尤称独步，得者珍同拱璧。余尝得见其书画真迹凡三：一为大楷行书屏四帧，绢本，临颜氏《争坐位帖》一段文字，字形宽绰，笔力雄健。末题"乾隆乙卯仲春"，距其卒时，才七月耳。二为寸楷正书单幅，所书为程子《四箴》，刚劲端重，直入鲁公之室矣。三为所画奔马小幅，上题"丙午清和月"，则为乾隆五十一年。时方四十余岁，精力正强，故画笔尤为精细。仅此三物，即可目为南园书画之精华矣。南园画不多作，遇见者甚少，故论者皆重其书法。尝有人为诗赞之曰："举世沉酣赵董日，昆明异帖独鲁公；莫言书法属小道，天挺人豪故不同。"此一评赞，南园当之无愧。顾以禀命不融，墨迹流传不多。晚清如何绍基、翁同龢，肆力搜求，张之四壁，以为楷式。亦由字以人重，观其笔势挺拔，一种傲岸峻立之概，如其立身，令人肃然起敬耳。

伊秉绶书画

论及清代隶书，吾必推伊汀州为第一。梁任公题《伊墨卿临汉碑立轴》有云："墨卿先生分书，品在完白山人上，有清一代弁冕也。"此乃定评，非任公一人之私言矣。伊书劲秀古媚，独创一格。笔画平直，分布均匀；四边充实，方严整饬。融合《衡方碑》《郙阁颂》《张迁碑》之长，形成笔力雄健、沉厚挺拔之体。实能拓汉隶而大之，愈大愈壮，故榜书尤冠绝一时。又工小篆，成时名家。楷书、行草，深入颜平原之室，愈小愈妙。其子念曾亦工书，徒为父名所掩，知之者不多。传父隶法，几可乱真也。墨卿亦精绘事，山水花卉，下笔辄高雅绝俗。余尝得见其《岁寒三友图》《荷花鹭鹚图》，画松与荷，尤为奇特有气势。至于篆隶行草之真迹，所寓目者甚广，盖于伊书伊画，无所不悦也。

邓石如书

　　自从包世臣于《艺舟双楫》中为《完白山人传》，篇题下标明"嘉庆丙寅"，则嘉庆十一年也。包氏时年三十，学识功力，犹未大成。乃于邓石如之书法，推崇无所不至，尊之为清代第一书家，而隐然以第二自居，信可谓不知量矣。论者谓其与邓氏同产安徽，乡曲之私，不免阿其所好，理或然也。自《艺舟双楫》风行天下，而后邓石如书名大张。邓氏存时，固未有人赏重其书而推许之也。平心论之，邓书非无功力，若必张皇过甚，至谓篆隶之工，无第二手，亦太逾其实矣。余平生于完白山人之书法，素所钦迟，尝遇见其篆屏四幅，隶书直幅横幅各一，皆真迹也。然校论其所诣，则篆不逮钱十兰，而隶乃逊伊墨卿。二家学问博赡，下笔有金石气，由泽于古者深也。完白奋自僻壤，闻见加隘，胸中自少古人数卷书，故下笔之顷，有时犹未能免俗耳。顾自嘉道以降，效其体以作书者，目为不祧之宗，影响所及，得固不胜其失也。夫惟大雅,不为一人矩矱所限,有继承复有创新,庶几能成其大。

钱坫书

乾嘉学者中专工篆法者,以钱十兰为最精。其致力之始,临摹《峄山碑》及李阳冰《三坟记》。笔画坚挺柔润,结体工稳疏朗。精妙洁净,为一时冠。十兰颇自负其篆法,尝刻一印云:"斯冰之后,直至小生。"盖其所以自待者已不浅。余早岁见其所临《峄山碑》直幅真迹,运笔匀重有力。用铁线体上摹秦碑,悬腕而书,极其艰困。盖其年富力强时初习篆法磨练之功,至于如此。必有此功力以奠基础,而后能变化自如耳。其后右体偏枯,左手作篆尤超绝。运笔变化多端,悉有依据。论其精诣,信非当时王澍、孙星衍所能逮,更无论邓石如也。余平生酷嗜其书,所观大小楹帖及条幅之属甚夥。而其为曾宾谷所书篆屏八幅,尤为稀世之珍。吾于十兰篆书,无间然矣。

朱为弼书

平湖朱为弼，字右甫，号椒堂，嘉庆进士，由主事擢御史，数上书言事，有直声。累官漕运总督，所至却供张，以清操著。一生留心金石及古印文字之考证，刻印酷似秦汉。又善画花卉，得白阳逸趣。篆隶有浑厚劲折之致。然不多作，传世者甚少。余惟见其所书《周公钟颂鼎铭辞》小幅，绢本，宽一尺，高一尺二寸。书法至工。盖由其讲求金石之学，泽古之功深，故下笔弥见其高雅耳。椒堂富收藏，精鉴赏，余所见名家书画，多有其藏印也。

乾嘉学者书画

乾嘉朴学极盛时，群趋于经史、金石、文字、礼制之考证。著述甚丰，专家辈出。行有余力，兼致精于书画。长于篆者，若汪中、阮元、孙星衍、洪亮吉；长于隶者，若桂馥、黄易、钱大昕、程瑶田；长于楷书行草者，若姚鼐、何焯、钱伯坰、翁方纲；皆一时之选也。至于绘画之事，则钱大昕、钱坫皆善画梅及其他花卉小品。余居武昌，曾于市肆见有章学诚所画设色藤花一幅，题乾隆时作，盖居毕沅幕府所为，故留存于江汉也。后游扬州，复于友人处见有焦循画迹多幅。从知朴学经师，亦复不废丹青。降至道咸，斯风未替。遵义郑珍，于治经说字之外，深明六法，竟以名画家崛起于西南矣。

华岩画

　　自古名德巨人、鸿儒魁士,多由自学而成,不必人人有师承也。推及艺苑名家,何莫不然。无师而成者,十盖八九也。若清代中期大画家华岩,其尤卓特者矣。岩字秋岳,别号新罗山人,或自称布衣生,福建临汀人。出生于造纸工人之家。因贫废学,为纸坊佣工。性喜学画,常以暇时为人绘花鸟、山水、肖像,初不为人所重。后乃离乡别井,遍历名山大川,饱览自然景物。旋侨居杭州,客游北京,留寓扬州,南访越中。每到一处,即以天地万物为画本。勤学苦练,至于大成。举凡人物山水、花鸟草虫、走兽游鱼,皆所擅长。冲破旧法陈规,创造独特风格。重视写生,构图新颖。形象生动多姿,设色鲜明不腻。俊逸清新,别树一帜。在清画坛,信可谓多才多艺者也。余见其真迹,不下十幅。其中如《秋意图》,画一梧桐垂实累累,有四鸲鹆争取食之。但题"秋意"二字,别饶雅趣。又山水人物画一幅,画二高士坐长松下岩石间对谈，情景逼真。上题句云："回薄山水青，摩弄日月白，上友不羁云，下友忘年客。"画笔遒俊，旧为瞿木父（中溶）藏物，有瞿氏题识在旁。即此二幅，可概其余。扬州八家，盖犹不逮之，以其兼擅众长，方面自广，视八家为恢宏耳。

高凤翰画

胶州高凤翰，字西园，晚号南阜山人。因患风痹，右臂不仁，以左手作画，又号尚左生。所画山水，纵逸不拘于陈法，花卉亦奇异得天趣。论者谓其左手所作之画，尤苍劲有气力。余尝观其左手所作赭笔《牡丹图》，设色运笔，极其灵活。以赭作花，笔简而生气盎然，枝叶则用墨涂，皆极精妙。虽用右手挥毫之名家，亦不必能臻斯境。高南阜之左手作画，与钱十兰之左手书篆，实是艺苑二绝，叹为观止矣。

扬州八家书画

余平生酷嗜扬州八家之画，犹之钦服扬州诸儒之学。谓清代学术、艺术，如无扬州绩学、能画之士以振起之，则终清之世，流于奄陋固蔽、因循守旧而已。将何以拓而广之，以开一代之宗风乎！往余表章扬州之学，为《扬州学记》一书以明通儒之绪，既布之于世矣。今论及书画，又不得不推尊扬州诸家之画风为不可及也。盖扬州地近东海，居南北之中，盛产盐、鱼、麻布及手工艺品。加以有运河、淮水之航道，交通四达，自隋唐以来，即已成为都市。及至清代，扬州商业经济，在盐业发展之情势下，日益繁荣昌盛，遂成为我国东南一大都会。由于经济繁荣，促进文化艺术之兴盛，于是学者名流、诗人画家，乃辐凑并进，自四方至。益以本郡英才兴起，人文荟萃，殆非偶然。即以画家言，如龚贤、石涛、华嵒，皆尝旅居扬州，影响于此地之画风革新，至为重大。继之而兴者至多，论者但取其中最关重要之人物，约举八家,称之为"扬州八怪"。

"扬州八怪",究何所指?言者亦不一致。有连举并称至九人者,或称至十人。亦有排列八家姓字各异者。言人人殊,盖传闻不一也。大抵当时扬州之画家,贵在创新、反对复古,影响最大者,自当以汪士慎(巢林)、黄慎(瘿瓢)、李鱓(复堂)、金农(冬心)、高翔(西唐)、郑燮(板桥)、李方膺(晴江)、罗聘(两峰)等八家为代表。约定俗成,渐无异议矣。

扬州八家之绘画艺术,各擅厥长。而其共有之特点,则在山水画之创作,不及人物、花鸟画之多。至其画法,则在继承陈淳、徐渭、八大、石涛诸家水墨写意而加以发展变化。创造出独特风格,以成为一时画坛之新风气。其于我国绘画史上有重大之贡献,亦即在此。诸家技艺,长于此或短于彼,亦有兼擅而并工者。鉴赏之家,各有偏好,又未可一律求之。余平生涉览八家之作,不厌其繁,而品骘高下,复有不同流俗者。如汪巢林以墨梅见长,余独好其梅竹合写为最工。黄瘿瓢以善画人物名,余独赏其所画小幅山水及花果为精妙。李复堂兼擅山水花卉,余独喜其所画水墨牡丹,多茎同发,花叶并茂为最不易。郑板桥以墨竹驰声遐迩,余独重其画兰有绝佳者。金冬心以墨梅胜，余独爱其红梅。李晴江下笔清简，而所画风中之竹，艺绝等双。高西唐虽善墨梅，而山水小幅特工。罗两峰多才多艺，而人物肖像至精。凡吾所重，未必非他人之所轻。人各有见，要不可以强同也。大抵诸家作画，能粗能细，可大可小。黄瘿瓢画人物，多用粗笔，而所为《商山四皓图》《伏生授经图》，皆极工细，精描入微。从知大家命笔，无所不可，初亦未容一概论矣。至于书法一道，若金冬心之分隶，郑板桥之行草，自创新体，别成一格，又非临池者所能效，亦不必效也。

黄易画

　　仁和黄易,为乾嘉中著名金石学家。张之洞《书目答问》末附《姓名略》,列之于金石学家之中,以其考证金石之功深也。易字小松,尝官济宁同知,能诗,工书善画,尤精篆刻。性嗜古,残碣断碑,所至搜访。曾自写《访碑图》十六帧,殊饶逸致。间作墨梅,亦甚工妙。山水笔意简淡,余获睹其二真迹,一为《平林秋远图》,仿倪云林笔意。题丁酉作,则乾隆四十二年也。一为《荷塘禽戏图》,题嘉庆五年作。并以墨笔为之,清雅绝俗,与其他画家风格不同。

张廷济书画

　　嘉兴张廷济,字叔未,嘉庆举人。数应会试,未得成进士。遂结庐高隐,以图书金石自娱。考证精核,为嘉道间金石学家。书法米芾,草隶独出冠时,诗亦朴劲典核。有《桂馨堂集》《清仪阁题跋》,固当时朴学名士也。余事游艺,则亦从事于绘画。余尝得见其所为《梧桐高隐图》,临流一亭,有人独坐其中,而高桐修竹环其左右。清幽俊逸,不失为佳作。题句但云:"江色明远眺,秋声清独聪。"乃徇人之求,偶尔挥毫也。又尝睹其所书榻屏四幅,临米帖而有所变化,但求神似耳。

金石学家书画

　　清代考证金石者，多能书画，如金农、黄易、朱为弼、张廷济之流，固无论矣。即如陈鸿寿，亦善画花卉。余尝见其所为《秋菊图》，甚奇特，异乎其他画家之作。清末王懿荣，为考古名家，而特善汉隶。余尝获睹其所书横幅，但举列八字云："周鼓、秦碣、汉阙、吴谶。"系以跋云："季弟将学篆书，因为揭此四石目，悬之斋壁。"运笔遒劲，有金石气。苟非临池功深，莫由臻此。夫学不论年，固有不少早熟之士。惟书法苟无功力，则未有能速成者。余尝于燕市遇见陈潮、江标篆书屏各四幅，笔法散弛乏力，盖皆三十岁时作，功力未到，故不能掩其稚气也。

汤贻汾画

清自乾嘉以后，画风渐流于纤弱板滞。道咸间，汤贻汾、戴熙出，始稍稍振起有生气。贻汾字雨生，号粥翁，武进人，官至浙江乐清协副将。工诗能书，画尤有名。思致疏秀，墨气淡雅。所画花果及梅，均极工妙。余尝见其山水一幅，叹其设色布景之美。春树浓阴，烟波浩渺，盖非庸常俗笔所能为也。其妻董婉贞，号蓉湖夫人，及其子绶名、懋名、禄民，女嘉名，皆善画。一门风雅，为时所称。

戴熙画

　　钱塘戴熙，字醇士，号鹿床居士。道光进士，官至侍郎。工诗，兼擅书画，有名于时。山水虽师法王翚，然入而能出，一变而为厚重静穆，无柔媚之气。余尤喜其木石小品，工致清雅，非他人所易学步。其弟煦，与诸子、诸孙，并以画名，传其家学。与武进汤氏媲美，固道咸间绘画两世家也。

张士保画

掖县张士保，字菊如。善书画，山水人物花鸟，皆擅其长。道咸间，尝与秦炳文、汪昉等结画社于京师。笔意大雅，为时所称。余见其山水小品，尤为超特。如《深柳读书堂》《秋树图》之类，长仅尺许，宽才八寸。清幽简淡，不易多觏。

司马钟画

上元司马钟，字绣谷，一作秀谷。以善写花鸟名，落笔豪放。或作草虫鱼虾，亦极生动。兼擅写兰，为晚清名家。余尝观其花鸟大幅，画一池有鸭浮游，上则垂柳数枝，有黄鹂止枝上，双燕飞舞柳叶间，栩栩如生。用笔活泼生动，而又工细入微，实为精心之作。俗语云："画人莫画手，画树莫画柳。"以二者难于着笔也。此幅所画柳枝柳叶，有如临风飘扬，状极逼真，以其功力深耳。

何绍基书

道州何子贞，以善书负盛名，百数十年于兹矣。始在道光时，与曾涤生同官京师，曾氏称其学有五长：一曰《仪礼》精，二曰《汉书》熟，三曰《说文》精，四曰各体诗好，五曰字好。字则必传千古无疑。尝于《家书》《日记》中数数称道之。是何氏书法见推重于侪辈甚早。济之以数十年之功力，由平原、兰台以追六朝秦汉三代古篆籀，回腕高悬，每碑临摹至百通或数十通。虽舟车旅舍，未尝偶间。自课之勤，古今罕俦。观其论书，重在骨力，不取形似。摹汉碑至精熟，晚乃无一相似者。神明变化，自成一体。盖临摹之初，惟恐其不似；及其专力致精，惟恐其似。入而能出，惟大家为然。大抵书法一道，重在能变。初事临摹，重在继承，继承既久，贵能创新。所谓有所变而后能大也。何书传世者，以颜体为宗。雄健刚劲，气敌万夫。其发为行楷，尤婉转多力。余尤喜其小楷行书，极其雅丽，与伊墨卿之小楷行书，同为书林珍品，非功力深厚者，不敢望而及也。

包世臣书

　　包慎伯在嘉道间,有才名,无学名,固一江湖游士也。而生平好以大言欺人,余往者于《清人文集别录》中既已斥其妄矣。包氏《艺舟双楫》中有《国朝书品》,分为神品、妙品、能品、逸品、佳品。神品一人,但列邓氏隶及篆书;妙品上一人,但列邓氏分及真书。其他分列姓字,各有等差。若伊秉绶之行书列之逸品下,钱沣之行书、桂馥之分书、钱坫之篆书,皆列之佳品上。如此衡评,有何绳准?伊氏篆隶俱工,乃至榜上无名。良由门户之见既深,又隘于耳目,未能尽观,故以一己狭陋之见,任意区分高下耳。至于自作品题,乃谓为右军后一人。自信太过,骄亢已甚。自《艺舟双楫》风靡天下,见者无不为其所吓。步趋其后者,流弊乃多。如吴熙载之流,已不能张其军已。平心论之,包氏于书,非无功力。余尝遇见其行草真迹,尽有佳者。惟不宜高自标榜,张皇太过耳。古人云:"惟不自大,故能成其大。"虽于艺事亦然。包氏睥睨一世，悍然欲以主持坛坫自居。是非靡准，高下任情。立论虽高，而己之所诣不足以副之也。

吴熙载书

安吴包氏之入室弟子,以仪征吴让之熙载为最有名。善各体书,兼工铁笔,而皆渊源于邓石如。篆书固为邓氏嫡传,治印亦学邓而自成面目。邓氏作篆,体势引长而有气力。吴氏力不逮之,劣者靡弱不足以自振。行楷则束缚于安吴之法,尤无自得之实。论者谓其一生多艺,而刻印第一,书法自逊,盖定评已。

莫友芝书

咸同间之能书者，自以莫郘亭为一大家。真行篆隶，兼擅其长，而篆隶尤有名。下笔辄刚健有势，知其沉潜于古者深也。杨守敬称其篆书学《少室碑》，取法甚高，固已倾服之矣。余早岁得其所书《六先生赞》及《东方朔戒子语》石印本于坊间，朝夕临摹，喜其运笔圆整遒劲，目为习篆正体而敬重之。居长沙时，偶过装裱店，见有郘亭所书八大幅篆书屏张之壁上。乃为湘乡相国所书汉赋也。亟以照相机摄取归，置诸案前，常玩绎而仿效之。虽不能工，受益自大。故余晚年作篆，犹时时用郘亭笔法也。又曾于一藏家见有郘亭楷书某母寿诗直幅，端媚绝伦，叹为稀有。从知善书道者，固多兼精四体，无施不可也。

张裕钊书

张廉卿书法,特立拔起,卓然独步于咸同间,非第摆脱世俗软熟之态,直化北碑以为己用。劲洁高雅,自树一帜。信为书家中"有变乃大"之巨匠也!康南海称其书:"高古浑默,点画转折,皆绝痕迹,而得态逋峭特甚。其神韵皆晋宋得意处,真能甄晋陶魏、朵宋梁而育齐隋,千年以来无其比。"非过誉也。余居武昌四十年,于公私藏品中得见其真迹至夥。复有日本友人以《濂亭真迹》影印本相贻者,收辑广富。楹联屏条碑志及所临《千字文》之属,所赅甚备,蔚为大观。日本人仰慕张书,甚于中土。其弟子宫岛大八(泳士)传其师法,步趋虽谨,而功力不逮远矣。况濂亭以善为古文辞名于晚清,与吴汝纶并驾齐驱。而吴之才健,周旋名公卿间,知之者多。濂亭澹于仕进,惟以主讲书院,终老林泉。虽自甘寂寞,而学问功深。故发之于文与书,皆卓然不同于流俗也。

赵之谦书画

会稽赵撝叔，兼擅诗文书画篆刻之长，有名咸同间。而治印取法秦汉金石文字，尝自谓生平艺事，皆天分高于人力。惟治印则天五人五，无间然矣。其自负如此。有《二金蝶堂印谱》，为世所重。

其楷书初学颜平原，后专攻六朝碑版。将严整方朴之北碑，以婉转流丽之笔书之，足以取悦众目。而气体靡弱，识者病之。篆隶受邓石如之影响较深，有时卧毫纸上，不能拔起。柔媚有余，骨力不足。虽兼擅四体，与何子贞同，而撝叔乃言何道州之书，有天仙化人之妙，自愧不能并论，则固有自知之明矣。绘画长于写生，花卉瓜果，上承陈白阳、李复堂之风，不拘成法，笔趣极佳，后遂开吴昌硕、齐白石一派。早年西泠印社尝集其遗墨曰《悲盦賸墨》，影印行世。世多传习，故其遗风沾溉及今。余平生赏览其书画真迹不少，而篆隶楹联各一、花果写生榻屏四幅，尤其精品也。

周寿昌书

　　长沙周自庵，以道光翰林官京师数十年，专治史学。著有《汉书注校补》《后汉书注补正》《三国志注证遗》诸书。虽非书画名家，而性好赏鉴，酷嗜古书画，节衣缩食以搜取之。赏鉴之余，辄加题跋。余尝得观其所题名迹，旁有一方印曰"瀹蕃侍观"。瀹蕃者，其第三子也。同治九年庚午举人，与先祖太仆公为乡试同年。自庵长于书法，故吾家旧有其墨迹也。徐叔鸿官京师日，得王献之《鸭头丸帖》，即属自庵题识其后，长至千言，亦云冗矣。其他题识之语，多者数十句，少亦数十字。涉览既广，不无精到之处。惜自庵既没，王益吾辑刊其遗著，未及搜采其书画题跋附录于《思益堂日札》以传之也。

曾、左书

咸同间湖湘先正之能书者,允推曾、左为冠冕。曾涤生尝欲合刚健婀娜以成体。奉欧阳率更、李北海、黄山谷三家以为刚健之宗,又参以褚河南、董思白婀娜之致。其自道之语见于《日记》者,至为明确。顾秉性凝重,笔亦随之,故终以刚健胜。相传其平日挥毫,率用特制貂笔,锋颖视他毫尤利。故其书瘦劲挺拔,异乎庸常。亦由博习穷撢,未尝少懈,功力厚故造诣精。后之欲学其书者,无此气骨也。复善小篆,然不多作。余尝得见其所书七言篆联,笔法悉本《说文》,圆匀有力,知其讲求字学深矣。左季高楷书行草,有傲岸之气,出颜平原,故笔法雄直。一生以篆法自夸,其所作篆,结体遒紧,为一时冠。论者谓其学邓石如,其实邓书不及其刚健也。余往游陇右,见其所留真迹尤多。霸才雄略,悉于遗墨中见之。吾家旧藏曾、左所书大字楹帖,皆其晚年书赠先祖太仆公者。世历多变,于倭寇进犯洞庭时,与先世藏书化为灰烬矣。

杨沂孙书

常熟杨濠叟，以篆法名于晚清。摆脱近师绳墨，独探原于金石遗文。以石鼓、钟鼎文为摹本，寝馈而临习之。取法甚高，自成一家。变世俗狭长之体，为凝重方整之形。于邓石如之外，别树一帜。笔力清劲，一洗完白山人之习，故吴清卿酷好之。虽有志摹拟，而秀逸不逮也。余平生所见其屏幅，字数甚多，而前后整齐，无一笔松懈，吾爱之重之。濠叟于大小篆融合为一，体方笔圆，点画之间，悉有来历。非学问功深，固不足以语此也。

吴大澄书

　　吴清卿长于金石考证，于《说文》研绎亦精。曾广摹两周金文及秦汉石刻篆文，故其作篆谨严，有金石气。楷书笔力亦健，端重有法。观其所书自著《字说》《说文古籀补》及戴熙《古泉丛话》，工整雅净，固不废大家也。清卿学博识精，首据金文以订补许书，为治古文字者辟一新径。藏器既多，手自摹拓，故晚年所书钟鼎文字，尤为世所推重。亦间作隶书，能自出新意。余既服其学优，兼重其书法。尝获观其篆籀数联、大小隶书一横幅，以及短札扇面之属，皆精品也。晚清得杨、吴二家而篆法一变，影响于近数十年者为不小矣。

杨守敬书

　　宜都杨惺吾学问博赡,治舆地尤号专门,亦兼精目录、版本、金石。光绪初年,随香山何如璋使日本,以贱价得古书善本甚多。又助黎庶昌搜访旧帙为中土所无者,辑刻为《古逸丛书》,为士林所称道。一生讲究书法,撰有《书学迩言》,阐述书法理论,多所畅发,亦有独到之见。其临池之功,初学欧阳询,后又参以颜真卿及六朝碑版笔意。故楷书苍莽古拙,隶书则上法汉摩崖。天骨开张,极见气势。余居武昌,于公私收藏,得观其墨迹多矣。而尤钦重者,则其特大五言联也。联云:"河汾唐将相,宛洛汉公侯。"每字大一尺五寸,款题庚子,则光绪二十六年所书。纯朴古拙,得自然之趣,真剧迹也。惺吾居日本时,从之学书者甚众。后多成为明治初期书法之巨擘。渊源有自,故彼邦人士至今颂之。

黄山寿画

　　武进黄山寿，字旭初，一作勖初。侨寓上海，以绘画自给。工青绿山水，尤擅人物仕女墨龙，古雅妍秀，论者或病其力弱。然余观其大幅墨竹，殊有气势。下笔遒劲，有临风而动之致，则又非力弱者所能为也。大抵工细之笔，其失在弱；豪放之笔，易流于粗。画家皆然，自当分别观之，不可一概论也。

曾衍东画

曾衍东字七如，号七道士，山东人。尝官浙江知县。以能画名于清末，而知重其画者绝少。俗士但以其运笔流于粗犷而轻忽之，过矣。衍东尤善画人物，世多传其所作《钟馗图》，貌狰狞而手持械，象能打鬼之状，故俗夫尤好之。余获观其所为《闹市图》大横幅，宽五尺，高二尺一寸。用粗笔画人物，而形象毕肖。有坐轿者，有戏猴者，有牵牛负犁而过者，有四人对坐桌前打牌者，有理发者，有修脚者，有屠夫挑肉者，有修理木盆者，有算命取痣者，有提鸟笼者，有挑行货者，有肩盘卖馒者，有负米求售者，有拉东洋车者，有玩杂技者，有妇女卖唱者，有儿童嬉戏者，有老翁对谈者。举凡闹市中人物活动，无不见之于图。人之体貌不小，而布局井然，情景逼真。余细数之，形于图者已达百人，真奇迹也。其题句云："兴笔写闹市，肩挑与手艺，胡为闹喧哗，却为一个字。"此幅既是写真，亦以讽世。将各行各业之活动图之于数尺之纸中，而生动活泼，有条不紊，可谓神乎其技。虽使黄瘿瓢复生，亦当退避三舍矣。又尝见其画猫小幅，伏于草间，两目炯炯，若伺捕鼠雀然。寥寥数笔，形态逼真。非素养功深，不能如此简略也。其书法自成一体，每参篆隶以作楷书，行草尤恣肆不循绳墨，故见者尤惊异之。

翁同龢书

同治光绪间,士大夫言及书道,群推翁松禅为第一。论其气魄之雄,骨力之健,固非当时馆阁体书家所能望也。松禅书法,瓣香南园。而后来致书苑盛名,实驾南园而上之。良以久居帝师宰辅之位,而又老寿,所业益精,故为多士所仰望耳。松禅近师昆明,远法平原,笔势老苍,功力深厚。晚年以变法去官,静居习字。无意求工,而超逸益甚。余平生赏重其墨迹,尝见其大幅屏四帧,自始至终,无一稚笔,想见其挥毫严谨不苟,不以名盛而稍弛懈也。复遇见其小品人物画数开,亦洒落淡雅,无世俗气,惟不常作,故传于世者甚稀耳。

陈、李书

晚清广东学者中，以番禺陈澧、顺德李文田书法为佳。澧字兰甫，经学湛深。旁逮声韵、乐律、舆地之学，皆极其微，岿然为一时大师。余事临池，擅长篆法。由于精熟许书，故下笔谨密有则。自常作小篆外，亦时摹钟鼎文及《天发神谶碑》。楷法则得力于小欧，循循整饬。余得见其真迹甚多，夙所钦服。文田字仲约，号芍农，以名翰林官至礼部侍郎。从事考证金元故实、西北水地，旁及医方壬遁，靡不精综。词章书翰，特其余事。楷法舒展有力，一洗馆阁之习。余尝见其所书篆联，从容端雅，不愧名家，惜世人重其书者不多也。

徐、黄书

光绪中，湘人之以书名者，则有长沙徐树钧、安化黄自元。树钧字叔鸿，自元字觐虞。徐工汉隶，行楷则法二王。又精赏鉴，富收藏。尝得王献之《鸭头丸帖》，至以宝鸭名其斋。有《宝鸭斋题跋》《宝鸭斋金石拓存》诸书行世。作书以隶为上，兼善篆及行草，固当时一大书家也。黄则专精唐楷，摹欧柳体最久而最有成。顾其人短视，又习用紫毫，故所书小楷为佳。字迹稍大，则气力不胜矣。

吾家旧有其所临《九成宫醴泉铭》四幅及临柳书、条幅扇面之属甚夥。徐所书大字楹联及条幅扇面亦不少。皆二人与先祖同官京师时所贻，后亦早付劫灰矣。

张、赵画

清末湘人之善画者，有张世准与赵于密。世准字叔平，永绥厅人，道光癸卯举人，官刑部主事。居京师久，善画墨梅。纵横槎枒，干湿互用。圈花点椒，别具一格。山水枯劲中饶淹润，与文五峰、释渐江、查二瞻、吴墨井诸家为近，时人重之。于密字伯藏，武陵人，赵文恪慎畛之后也。光绪中以诸生筮仕江西，署建昌、袁州等府知府。喜收藏金石书画，一经寓目，立辨真赝。书法疏秀，兼通六法，有石涛遗意。随笔挥洒，天趣盎然。画迹以山水为最工。又花卉小册，苍莽朴茂，直逼古人。沈子培笔记中，至称其绘画之事，并世鲜匹，非阿好之辞也。先祖与叔平官同部，与伯藏生同郡。故两家之作，吾家独多，今则散佚尽矣。

沈曾植书

嘉兴沈曾植，字子培，号乙庵，又曰寐叟。学问博赡，而不多著述，世固以学者尊之。盖其年少时固已尽通清初及乾嘉诸儒之学，中年治辽金元三史，治四裔地理，又为道咸以降之学，岿然为清末儒宗，故王国维所为《沈乙庵先生七十寿序》，至颂之为继往开来之人物也。其书法初学包慎伯，后乃自有变化，以草书名世。纵横驰骤，不落恒蹊。自碑学盛行，书家皆究心篆隶，鲜有致力于草书者。乙庵出而草法复明。没后书名益盛，惜其草迹流传不多耳。往者罗福颐贻我以乙庵手简真迹影本二册，乃哀集乙庵与雪堂论学书札数十通而成。晒出上下二册，置之行箧多年，忽取以寄余，甚可感也。有此二册，而乙庵词翰之美，书法之工，俱可见矣。观其运笔活泼飞动，抑扬尽致，极缤纷离披之美，诚有清一代草书之后劲也。

康、梁书

康南海以论书、能书有大名于清末。论书归于尊魏卑唐，临池之功，亦实能践其所言。所著《广艺舟双楫》，风行天下，几乎习书者人手一编矣。观其《述学》有云："吾执笔用朱九江先生法，临碑用包慎伯法；通张廉卿之意而知下笔用墨，浸淫于南北朝而知气韵胎格。"可知其用力之端，善取于人；能集前贤之长而行之于己。初从北碑入手，于《石门铭》致力尤勤，复参之《经石峪》《云峰山刻石》。笔法纯从朴拙取境，故能洗涤凡庸，独标风格。所书行楷，皆有纵横奇宕之气。惟其晚岁所书，笔势颤动，早年无此态也。余所见其行楷大字屏四幅，气力充沛，体阔势宽，平正端庄，而又苍劲雄浑，曾无一笔颤动，盖其四十前后所书，乃康书之精华，致足宝已。

梁任公虽不以书名，而书法绝佳。观其跋《自临张猛龙碑》有云："居日本十四年，咄咄无侣，庚戌辛亥间，颇复驰情柔翰，遍临群碑。"跋《自临张迁碑》又云:"生平临摹垂百过,卒不能工。"可知其寝馈于碑版者至深,下笔方劲有力,一望而知出于汉隶也。惟其致力于汉魏碑碣者久,故施之行楷,亦刚俊遒媚。余尤赏重其书翰之美,并世罕俦。亡友天水冯国瑞(仲翔)教授,早岁毕业清华研究院,治任将归。乞任公为作书札致甘肃省长畀以要职。书凡三纸,文与字并极工丽。盖任公早岁文尚魏晋,辞句高雅,而字迹又极清遒。仲翔得书喜甚,竟不谒权者之门。宝斯翰札,视同拱璧,旋付装池成手卷,什袭藏之。余讲学兰州时,仲翔出此卷属余题识其后,因留余斋数日,反复玩绎,不忍释手,余以此益叹任公书道之精能。

姚华书画

贵筑姚华,字茫父。光绪三十年进士,授工部主事。旋偕朝士赴日本游学,习法律政治,归迁邮传部主事。辛亥后,数居议席,无所施展。居京师莲花寺,从事金石文字之考证,兼肆力于书画。每画成,辄自题其诗词与曲,曲尤工。顾不欲以文艺名世,所学甚博。而尤精于许氏《说文》,发悟不少。载其说字之篇于《弗堂类稿》,多前人所未道。余往撰《清人文集别录》,既已论定之矣。其于书画之事,亦复多能。书则篆隶行楷以及钟鼎文,皆兼擅厥长;画则山水花卉以及古佛仕女,无所不工。余早岁旅居京师,于厂肆数数遇见其墨迹,甚钦服之。一九八六年四月,为茫父诞生一百一十周年。贵州省编选其书画一百余幅,影照精印为《姚茫父书画集》,精品悉在,美不胜言。远道以一册寄余,余日置案头,频频玩绎。惜其年未寿考,中道而废也。

吴昌硕书画

　　安吉吴俊卿，字昌硕，别号缶庐，以书画篆刻名于近世。晚年以字行，居上海最久。书法擅有众长，而尤工于篆。学《石鼓文》，参以两周金文及秦代诸刻石。用笔遒劲，气息深厚。泽古之功既深，而又自出新意以变化之。朴茂雄健，突破陈规，而自成一家。特精篆刻，为时所称。三十岁后始学画，以写意花卉蔬果为主，山水人物，亦间为之。上取徐渭、朱耷、石涛、李鱓、赵之谦诸家之长，而别开新貌。纵横跌宕，苍劲简老。名噪海上，日人尤推崇之。尝鸠合同志，创立西泠印社于杭州西湖，自任社长。及其既没，社内为设"吴昌硕纪念室"，书画精品，四壁高张。余每至西湖，必徘徊观赏，移时乃去。

陈衡恪画

修水陈衡恪，字师曾。祖宝箴，官至湖南巡抚；父三立，吏部主事，为近代名流。师曾承其祖若父之余荫，自少得见古书画名迹甚夥，遂有志从事揣摩。年少时游学日本，归而任教于北京美术学校，因述《中国绘画史》以授诸生。于历代绘画之沿革、派别、盛衰、得失，无不絜领提纲，了若指掌。沾溉后学，为功不细。其致力绘画篆刻，曾得吴昌硕指授。山水参合沈周、石涛笔法。喜作园林小景，写意花果，取则陈淳、徐渭，亦偶作风俗人物画。尝与齐白石相互切磋，彼此受益。惜年未五十而卒，不克大其学艺也。余往于北京琉璃厂书画铺见其墨迹数帧，而大幅篱菊一轴，尤为精品。

齐白石画

湘潭齐璜，字白石，后以字行。年少时为木工，善雕刻，喜绘画。后结识当地文士，渐学诗文，兼习书画篆刻，而艺事益进。中年出游四方，多历名都大邑。五十七岁后定居北京，以刻印、卖画为生。于古今画家，推崇徐渭、朱耷、原济、李鱓及吴昌硕等。私淑诸人，而规摹之。六十岁后作画，重视创新，融合传统写意画与民间画笔法，而成为独特之风格。擅长花鸟虫鱼，尤喜画虾。造形质朴，色泽鲜明。亦画山水人物，然不多作。由于踵门而求画者甚多，晚年应俗挥毫，率以简笔应之，不得已也。余昔观其早岁所画墨梅，繁枝茂蕊，极其精细，自非后来粗疏之比。篆刻初学浙派，后多取法汉印。单刀直下，刚劲有力，人尤贵之。余早岁旅京，尝偕黎劭西先生访之于西城跨车胡同。登其庐，有铁栏围护于前，盖当南北战争时，为防散兵之入室侵扰而为此耳。老人日坐其内，挥毫不倦。养静习勤，卒登大耋。其能坐致大名，亦永年有以致之也。

曾、谭书

　　近代湘人之习碑而负时名者，有衡阳曾熙；习帖而负时名者，有茶陵谭延闿。熙字子缉，号俟园，晚号农髯。光绪末年进士，官兵部主事。早岁学《石鼓文》及《夏承》《华山》《史晨》诸碑，下逮钟繇、二王。后乃融会隶书与北碑笔法，自成一家。而运笔与结构，多出于《张玄墓志》。又善章草，为时所称。辛亥后，定居上海，以卖字自给。六十岁后，亦兼作画，写奇石古木、花卉山水，雅趣盎然，顾不如书名之大也。始俟园计偕入京，年甚少，居湖南会馆，修后进礼谒先祖太仆公于粉房琉璃街寓庐。后又与先伯知县君常邂逅于彭述家。述字向青，同治初年翰林，为先祖执友而俟园之同县长者也。先伯既常与俟园晤叙，情至欢洽，遂订交焉。余早年在家，检览先伯手书日记，道其事甚详。家中旧岁藏俟园所书楹帖及书札，皆清末寄遗先伯者也。余犹记忆其书札纸长字大，别成一格。皆其四十前后所书，与后来老练之笔自不同也。

　　谭延闿,字组庵,自少习颜平原书,后仿刘石庵,中年专意临摹钱南园、翁松禅两家。骨力雄厚,笔势挺拔。大字正书,固得阳刚之美;小楷行草,亦遒婉多姿。在清末书法,堪称后劲。与攸县龙绂瑞,为昆弟交。书牍往还,殆无虚日。及其既没,龙氏搜检遗札,犹存三百余通,裒为六册,固洋洋巨观也。余居长沙时,尝从龙氏借观其全,叹为稀有。虽值戎马仓皇,而友朋酬答,不失尺寸,不可及也。

评工艺第二

　　《考工记》云：“知（智）者创物，巧者述之。守之世，谓之工。百工之事，皆圣人之作也。烁金以为刃，凝土以为器，作车以行陆，作舟以行水，此皆圣人之所作也。”斯所云“圣”，乃谓聪明睿智之人、事物之发明者。天地间若无此种人通过劳动，创造一切，则人类何由进化？故古人重之，目为圣人之所作。后世为儒学所局限，乃云“形而上者谓之道，形而下者谓之器”，“德成而上，艺成而下”。相率从事探索形而上者之道，蔑视形而下者之器。于是工艺之事，遂为迂阔腐儒所轻，至足叹也。夫工艺之良窳升降，实系乎人类文明之大事。凡衡量社会之进步与落后，莫不举工艺之发展与否以权其高下。故地下每出土远古遗器,辄可据以考定其时代之文明,岂特不可轻蔑已哉! 今综其要,逐类言之。

工艺之起源

　　我国历史,可上溯至旧石器时代一百七十万年前之元谋人、五六十万年前之蓝田人与北京人,即已生活活动于中华大地。由于生活需要,创造出粗糙石器,如砍伐器、刮削器、石斧、石球之类。经过长期使用,改进提高。至新石器时代,逐渐出现磨光之石器。通过琢磨与切锯之应用,技术更加精进。石器造型,乃益繁复。光润工致,已甚美观。于是,先民求美审美之观点乃起。经历长期石器之制作,发现石中之玉,可以制器。最初使用之玉斧、玉锛,仍为实用工具。其后乃发展为装饰品,如西安半坡出土之玉耳坠,南京、山东出土之玉璜、玉珠、玉环,已成为纯装饰性之艺术品矣。世间器物之兴,始皆源于实用;及修治而文饰之,遂成为工艺佳制,其大较然也。总之,工艺美术,来源于生活,来源于劳动。石器乃最早之物质加工,由粗糙石器改进为磨制石器,乃至发展为制作精细、造型匀称、色泽莹润之玉器。此乃经历数千万年逐渐形成之事,非可一蹴而几也。

由石器发展为玉器

自来治古史者，叙"石器时代"既竟，继之以"青铜器时代"。其意盖以"石器时代"代表原始社会，"青铜器时代"代表奴隶制社会耳。若论事物发明之先后，则铜器之兴，远在玉器、陶器之后。今日传世之殷周青铜器，即模仿陶器而制作者也。故就次第而论列之，则石器之后，可继之以玉器。此二者相因而起，固可连类而及耳。琢玉工艺，起源甚早，已如前述矣。在新石器时代晚期，已有制作精美之玉铲、玉镯、玉指环等。至商代而琢玉之技术已高。商周之玉，有青白黑黄之分，质地又有软硬之异。琢制为器，用途甚广。工具如玉铲、玉斧、玉刀，武器如玉戈、玉矛、玉刀，日用品如梳、簪、挖耳勺等。至于供佩饰之用者，名类尤繁矣。

奴隶社会玉器之被重视

　　玉器在奴隶社会,更是奴隶主贵族在祭祀、朝会、赏赐中不可少之礼器,抑亦奴隶主统治权之象征也。如圭,用以代表贵族;璧,用以祭天;琮,用以祭地;皆其用之大者。一九五〇年殷墟武官村大墓出土之虎纹大磬,一九七五年陕西宝鸡茹家庄西周墓出土之玉鹿、玉虎,而尤以殷墟王室"妇好"墓出土之玉龙、玉象,皆琢工精细,栩栩如生,可以考见古人重视玉器之一斑。《周礼》一书中,言玉者甚多。尊贵器物,多以玉制。天子、侯、伯朝会时,皆执玉以别等级。并设玉府之职掌王之金玉玩好,供王之服玉佩玉,大丧则供含玉赠玉,王合诸侯则供珠盘玉敦,从知玉器在奴隶社会实用之途甚广也。

封建社会玉器之被著录

传世古玉为前人所著录者,实始于宋《考古》《博古》二图,末附古玉器。至南宋孝宗淳熙二年,龙大渊奉敕编纂《古玉图谱》一百卷,始有专书登载古玉。稽其所录,鉴别未精。虽分为国宝、压胜、舆服、文房、薰燎、饮器、彝器、音乐、陈设等九部类,以综括群品。所载宋高宗时收藏之玉器图至七百幅之多,外似宏富,内实榛芜。多取赝品以实经注,每以臆说作图,尤难征信。成书虽早,至清乾隆中始有刻本。论者多疑此书乃后人据《三礼图》《考古图》《博古图录》诸书所伪造,殆不诬也。元代朱德润著《古玉图》二卷,成于至元元年。所录仅四十余品,虽较龙氏之书取舍为精,然解说浅略,无所考证。清嘉道间,瞿中溶撰《奕载堂古玉图录》一卷,乃玉类题跋之作。至光绪十五年,吴大澄撰《古玉图考》四卷,能与经传互证。解说博雅,图亦精善,一洗前人之陋。不久而高密郑文焯复撰《古玉图考补正》一卷,所以补吴氏之书也。然后言古玉者,始有所依据矣。

古代玉器之作用

古代玉器之用，大别之有四：一为古代贵族郊庙、聘享、冠婚、丧祭时所用玉。其名物可考者，以上圆下方之圭为最要。圭之类别及其用途，各自不同。有所谓大圭、镇圭、桓圭、信圭、躬圭、裸圭、珍圭、谷圭、琬圭、琰圭等名目。尺寸大小既殊，所执之人亦异。见于《周礼》者，固昭然可考也。圭之外有璋、璧、琮、琥、璜、瑗，皆瑞玉也。二为丧礼送终时所用玉，有琀及玉柙、玉豚之属。三为衣带间所佩玉，有环、玦、珩、璲之属。四为刀剑车马器上之玉饰，有琫、珌、璏、璩之属。此四者之用为最广，征之文献，所载甚详。古人称玉有五德，见之《管子·水地篇》《荀子·法行篇》《礼记·聘义篇》《说文解字·玉部》，皆有其说。故《礼记》称"古之君子必佩玉"，又称"君子无故玉不去身"。可知古人重视此物，固自有所取义也。

陶器出现为新石器时代特征

依据摩尔根与恩格斯之分析,史前文化,主要有蒙昧、野蛮二时代。蒙昧,相当于旧石器时代;野蛮,相当于新石器时代。野蛮时代较之蒙昧时代,进化已多。而恩格斯在《家庭、私有制和国家的起源》一书,乃谓野蛮时代之低级阶段是"从学会制陶术开始"。可知陶器之发明,即是新石器时代之重要特征,在人类文化发展史上,具有重大意义。我国陶器之出现较早,华南地区在距今一万年前后已出现陶器。黄河、长江流域,在距今七千年前后亦已出现陶器。陶器之发明,对人类历史贡献极大,乃空前巨大之进步。原始社会陶器之出土,以仰韶文化之彩陶,龙山文化之黑陶为大宗。器形繁多,其作吸水、盛水用者,有尖底瓶、葫芦形瓶之属;作饮食工具用者,有钵、碗、杯、豆之属;作蒸煮食物用者,有甑、灶、釜之属;作储藏生活资料用者,有盆、罐之属。其上均有花纹图案,极其美观。不论人物、动物、植物之形象或几何形与编织纹,皆表现出淳厚质朴之风格,具有原始时代艺术之特点。不少形制,后来竟成为青铜器铸造之重要依据,铜器乃由模仿陶器而成。

进入阶级社会之陶器

进入奴隶社会及封建社会以后，在商周时期，制陶工艺已成为极其普遍、规模最大、拥有专业作坊之工业部门。商代陶器，已有灰陶、红陶、黑陶、釉陶、白陶等不同类别。灰陶为人民所常用，釉陶、白陶为贵族所专用。而制器范围，乃由日常用具发展至于供建筑用之砖瓦，供祭祀丧葬用之鼎鬲，以及人马俑、器物装饰等等。由简朴之花纹图案，进而为繁复之故事或文字。如瓦当上多有盘龙、花草、鸟飞、云卷之形。汉砖除有年月外，其墓道所用之圹砖，则多为历史故事。至于文字，例采吉祥之语。如瓦当之"延年益寿"，砖上之"千秋万岁，长乐未央"等皆是。

秦汉时期之制陶工艺

在秦汉制陶工艺中，以陶俑之制作最为宏伟。即以一九七四年夏在陕西临潼秦始皇陵东侧发现之巨大陶俑坑而论，面积达一万二千六百平方米，出土数以千计形体高大、造型生动之兵马陶俑。其中武士俑体高与真人相当。身披铠甲，或穿短袍，或挟弓箭，或执剑矛，形象逼真。其中大陶马，体高与真马等。体形矫健，神态如生。如此数量之大型陶人陶马烧制成功，自是我国制陶史上之创举。顾此仅为秦始皇陵东侧一隅之地所发现，已如此惊人。其西南北三方尚未发掘之区，更不知埋藏有多少陶制品在地下也。

汉代陶俑之制作范围更广。人物俑有农夫、厨师、春米、射猎、杂技、说唱、歌舞、奏乐等形象；动物俑有马、牛、羊、犬、猪、鸡、鸭、鹅、鹤①诸家畜；建筑物有宅院、楼阁、仓廪、井栏、厨房、厕所、猪圈、羊栏、鸡笼、鹅舍等等，几乎应有尽有。造型简略，风格浑厚。如四川成都出土之说唱俑，山东济南出土之杂技俑，河南辉县出土之陶狗、陶羊，皆古陶器之遗存。至若陕西咸阳出土之群俑，数以千计。场面之大，亦所罕睹。

---

① 注：现鹤不属于家禽，鹤科动物中不乏国家一级、二级保护动物。

由陶器发展为瓷器

远在商代，具有瓷器特征之青釉硬陶，即已出现，乃原始瓷器也。但当时工艺发展迟缓，尚不足以言已由陶变为瓷耳。其后经长期孕育，直至汉代，始渐成熟。商周以来之釉陶，至东汉时，已接近后来之青瓷。如河南信阳出土之青瓷碗，洛阳出土之绿釉四耳罐，皆汉器也。由汉至晋，续有发展。晋之缥瓷，传说中谓其如何精美，莫由目验，则难论定耳。惟瓷字不见《说文》，盖汉世尚无其物，未制定字也。此字始见于吕忱《字林》；施之文辞，则始于潘岳《笙赋》。吕、潘皆晋初人，是瓷器晋初已有，盖当起于魏晋之世也。

宋代以前之瓷器制造

陶与瓷虽同由埏埴加工而成,然二者原质迥异。陶之素材为土,土之用随在可资,故产陶之地极广。瓷则必采石制泥为之,其原质复有美有恶,故产瓷有一定区域,而品类亦有精粗。是以历代制瓷,皆择地而为窑。窑之见于载籍者,莫由于晋之东瓯(在今浙江永嘉县境)。次则有元魏之关中(在今陕西咸阳县)、洛京(在今河南洛阳县),再次为陈之昌南(即今江西景德镇)。自唐以降,窑日以多。就其名著当时及今日有传器者言之:唐以越窑(在今浙江绍兴县。其地唐属越州,故称越窑)为最,邢窑(在今河北邢台县)次之。五代则越窑秘色器外,柴窑(在今河南郑县。周世宗姓柴,故名)独著。

宋瓷名窑

我国瓷器，至两宋而臻极盛。名窑既多，制品复精，故宋瓷为世所重。其著名瓷窑甚广，兹择其尤为重要者，分列如下：

定窑　建于宋初，在今河北定县。

钧窑　建于宋初，在今河南禹县。其地有钧台，故名。

东窑　建于宋初，在今河南陈留县。以其在汴京之东，故名。

汝窑　建于宋徽宗大观元年，在今河南临汝县。

官窑　建于宋大观间，在今河南开封。

龙泉窑　建于宋初，在今浙江龙泉。

哥弟窑　宋有处州章生一、生二兄弟，在龙泉琉田市分窑制器，故以哥窑、弟窑别之。

景德镇窑　即南朝陈之昌南窑所改，在今江西九江。

磁州窑　建于宋初，在今河北磁县。

丽水窑　建于宋,在今浙江丽水县。

萧县窑　建于宋,在今江苏萧县。

建安窑　建于宋,在今福建建瓯县。

余杭窑　建于南宋,在今浙江余杭。

湘湖窑　建于南宋,在景德镇东南二十里外湘湖市。

新官窑　建于南宋末年,在今浙江杭县。

广窑　建于南宋,在今广东阳江县。

以上所举十六窑所造瓷器,色釉既殊,精粗有辨。各具攸长,未易第其高下。大抵前数窑建置为早,正值北宋全盛之日,物力殷阜,工匠精能,故所造器,尤为名贵。今日自各大博物馆稍有收藏外,流传于社会者绝少。以名瓷质脆易碎,保存全器尤难耳。

名瓷釉色

天地之物，惟存其本真不假外饰者，为最美而最可贵。如以紫檀、红木、花梨为器用，则未有涂之以漆者，以其质性本美也。古之名瓷，亦犹是矣。不必投以色彩，加之书画，而朴质大方，为世所重。后世恶劣之瓷器，虽画花鸟、作篆籀于其上，其俗陋转甚矣。古瓷釉色，初皆纯一。纯色之始，曰青曰白。青者，如晋曰"缥"，唐越窑秘色，亦曰"峰翠"，五代、宋仍之。后周柴窑，曰"雨过天青"。宋东窑有碧青、淡碧青、油青；汝窑有天青、卵青、粉青；官窑有天青、翠青、粉青、月下白、大绿；龙泉窑有天青、粉青、翠青、葱翠青；丽水窑色微似龙泉，有油青、灰青；哥窑有翠青、粉青、浅青、灰青；弟窑色与龙泉同。此诸窑器，釉色虽有浓淡浅深之不同，大抵皆青。哥窑别有米色一种，其变例也。钧窑器备众色，而其初为天青。以其色重而蓝，后人遂名之曰天蓝。又以青料中含有铜质，煅炼而变绿或红紫者，于是窑变之名生焉。

后乃利用铜质而制红紫器，此由变而演进也。南宋官窑，色与旧京同。无其腴润，而较为莹彻。郊坛下新立官窑，色虽仍旧，究不相侔。余杭窑釉色似官，但不甚莹润。湘湖窑浅粉青一种，甚为精莹，不下北宋名品也。白釉如元魏之关中、洛京二窑，唐之昌南、邢窑诸器皆是。北宋定窑，承邢之后，器釉初为莹白。后来踵事增华，乃有青花红紫以及墨色者。磁州窑最初亦为白釉，后更有色釉、黑花、青花以及杂色者。综括诸窑所制之器，以釉色分，可别为青白二系。虽各有演进，而其变化之迹，昭然可考。惟景德镇窑，自宋以降，制器无所不备，兼取诸窑之长。盖由天产独丰，能尽人工之巧。故至今仍为瓷都，非他处窑厂所能逮也。

商代以前已能铸造铜器

冶金源于制陶。故古代铜器之形制,大都模仿陶器,如鬲、甗、豆之类,在远古陶器中发现极多,此即后来铜器制造之依据。惟晚出铜器之形制,亦有模仿其他器物者,如后起之簠,乃取式于竹制之筐,其明例也。我国冶金之术,发明甚早。相传禹铸九鼎,则远在公元前二千二百年,即已能铸重器矣。旧说此九鼎在三代时,历朝君王传为镇国之宝,惜三代以后,即已失落。无征不信,今亦未可质言也。惟最迟至商初,铜器已盛行。以近世在河南郑州、安阳等地发现之炼铜遗址及其他商代铜器之出土者观之,足以证明商初已建立炼铜工业,并已擅有制器之高度技巧矣。在此以前,必尚有一段孕育时期,而后可臻于若斯之精美。故知铜器之出现,尚不仅自商初始也。

合金术之发明

　　吾先民在炼铜过程中，发觉铜质软不适于作器，乃发明铜锡混合之合金，而后坚韧可用，是谓"青铜"。青铜既由混合铜锡而成，自有其和调之比例。而其量剂之多少，又各随其器用而有所不同。古人称铜为金，《考工记》言"金有六齐（剂）"。说明合金有六种不同之分剂。《考工记》为战国时书，所言乃战国以前制造青铜器之陈规。其别则为：制造钟鼎之合金为六分铜，一分锡；制造斧斤之合金为五分铜，一分锡；制造戈戟之合金为四分铜，一分锡；制造大刃之合金为三分铜，一分锡；制造削杀矢之合金为五分铜，二分锡；制造鉴燧之合金为铜锡各半。此种比例，自是古代哲匠炼铜过程中师师相传之经验，至战国时，而后总结入《考工记》者也。

铜器出土之奇观

古人认为祭器、龟筴皆与神明接近之物，不宜狎渎，遇有损坏或不使用时，则埋之地下而深藏之。此《礼记·曲礼》所谓"祭器敝则埋之，龟筴敝则埋之"者也。约定俗成，相沿甚久。后世铜器、龟甲，陆续从地下出土，此亦其一大来源也。往年在河南安阳出土之商代"司母戊"大方鼎，重八百七十五公斤[①]。周身饰有兽面纹，器内铸有"司母戊"三字，乃商代晚期商王文丁为祭祀其母而造之专用器。直到目前为止，乃我国出土青铜器之最巨大者。此外出土铜器，如商代后期之牛鼎、鹿鼎，皆重三四百公斤。即殷墟王室"妇好"墓（武丁时墓）出土之"司母辛"大方鼎，亦有二百三十五公斤，仅次于"司母戊"大方鼎。此等重器，竟能铸造于商代而精美异常，可以窥见彼时铸铜工艺之卓越成就。

---

① 注：2011年正式改名为"后母戊鼎"，其质量的官方数据为832.84千克。

铜器时代之区分

古代铜器之有铭文者,恒可据以证实其时代。就所知者,大体可分为六期:一、商器(约公元前一〇七〇年以前);二、西周器(约公元前一〇七〇年至前七二二年);三、春秋器(约公元前七二二年至前四八一年);四、战国器(约公元前四八一年至前二二一年);五、汉器(约公元前二〇六年至公元二二〇年);六、汉以后器。其中商、西周、春秋三时期,乃铜器时代之最主要阶段,变化较少。自春秋末年至战国时,铜器之形式花纹及文字,均有剧烈之变化矣。此缘春秋以前制铜器者,均集中在王都;而春秋以后,列国均有制器,各依地方特性而发展,故多歧异耳。

战国铜器之精美

一九七八年五六月间，发现于湖北随县之战国早期曾侯乙大墓中，出土不少精美绝伦之青铜器，凡一百余件。大多有细致花纹或镶嵌，为前此所未见。有铜尊一，口沿及底部，饰以极其工美剔透之镂空蟠螭形花纹。底部腹部，各有四龙。颈部又有四兽，作上行状，栩栩如生。其铸造雕斫技术之精绝，令人惊叹。尚有成组编钟六十五件，分三层悬在钟架上，十分壮观。其中甬钟，每件有错金文五十字以上，共计约三千字。所言皆有关音律及组合之关系，至为重要。考古者从文献及遗物中，证明此墓建于楚惠王五十六年（公元前四三三年）。从青铜器制作之精美，可以考知战国早期之科技水平与艺术成就。同时出土者虽尚有金器、玉器、漆器，然皆不及铜器之丰富多彩也。

铜器由多而少

《考工记》云："守之世，谓之工。"此言古代百工之事，世继其业也。分工则其艺专一，世业则其术精进，宜商周时代铜器之多且美也。降至秦汉，世工之制虽渐废除，而积习犹未尽汰。故尚方服御诸器，仍相沿用铜。其后铜之产量渐少，以之铸钱犹虞不足，何能语及铸器。故始而严禁以铜造器，继而毁器以铸钱矣。故今日犹可得见之传世铜器，商周为多，秦汉魏晋次之，六朝以后最少者，职是故耳。自兹以降，器之求精者以瓷代之，粗者以陶代之。非宗庙朝廷之重器，铸铜者鲜矣。

所谓"赝鼎"

世俗称铜鼎之伪造者为"赝鼎",此在周末即见有之。由于商及西周之铜器,存于周末者日稀,于是有作伪以欺世者。《韩非子·说林下》记其事云:"齐伐鲁,索谗鼎,鲁人以其鴈往。齐人曰:鴈也。鲁人曰:真也。"是真伪之辨,周末已然矣。考《韩非子》原文二"鴈①"字,本当作"僞②",古人钞书,以形近而误作"鴈",承讹袭谬,为时已久。后世因误增其体为"赝",目为"赝鼎"专字,此大谬矣。大抵校正古书,由于字形相近而讹者,不必别有证据,直可改之,无嫌也。或谓《韩非子》中之"鴈",乃赝之假借字,尤谬。韩非所云,乃古代铜器已有伪品之最早记载。

---

① 注:即"雁"之繁体字。
② 注:即"伪"之繁体字。

后世仿铸古铜器之风

后世好古之士，多喜仿铸古铜器，此亦伪品充斥之一大原因。宋代仿铸之风甚盛，故辨伪之学因之以起。张世南著《游宦纪闻》，内辨古铜器款识及颜色制度极详备。又赵希鹄著《洞天清录》，辨古钟鼎彝器更精审。盖昔人致详于鉴别之事，即起于伪器之日多耳。明人伪造之法甚精，《格古要论》论伪古铜之法至详，而其时伪造宣德炉者尤众。清人继之，每一器出，有力者辄仿铸以存之。制造精美，可以乱真。晚清如金石收藏家陈介祺，字寿卿，号簠斋，山东潍县人。以道光进士官编修，有彝器数百，而收养精于造伪能手盈门。论者谓其藏器真伪相杂，使人泾渭莫辨。一时风气败坏，亦可慨也。

石刻绘画

世之言石刻者，多致详于有文字之碑刻，而忽视石刻工艺，尚有绘画一类也。凡刻于平面石板者，无论为人物、草木、鸟兽，皆是类耳。刻石作画，起源甚早。汉以前物，无有存者。西汉石画，传世绝少。至东汉之季，斯风最盛。凡祠宇，冢墓之间，多有精美之画像。如肥城之孝堂山，嘉祥之武氏祠，济宁之两城山，皆洋洋大观。其他残缺之石，多见于颓垣断壁间。《汉石存目》中之《画存》，裒集已备。此外碑额碑阴之刻，如《隶续碑图》所录者，亦指不胜屈。神道之阙，不必皆有字，而莫不有画。皆在山东、河南、四川诸省，尤以川省为最多。

石画内容

石画所图，或为古人事迹，如武氏祠画古帝王、孝子、列女、义士等像是已；或为墓中人事迹，如李刚、鲁峻、武氏等像是已；或为符瑞，如武氏祠《祥瑞图》及龟池《五瑞图》是已；皆汉画也。汉代石画中，亦有描绘劳动生产之形象者，如农民耕种、收获、捕鱼，工人制盐、冶铁、纺绩之事，皆为其题材。近岁在江苏徐州出土之汉代牛耕画像石，山东滕县出土之汉代冶铁画像石之类，其史料价值与艺术价值，尤为重大。

石刻宗教画

北朝善造佛像，而铭记之碑，往往有平面画像。或为佛之事迹，如北魏正光五年《刘根等造三级砖浮图记》，画佛涅槃图；东魏武定元年《清信士合道俗九十人造像记》，画释迦降生得道图等皆是也。或为清信士女之像，而以见于造像碑阴者为多。隋唐以后，画家辈出，于圣贤、仙佛、鬼神诸像之外，兼刻山水、草木、鸟兽诸图，于是石画之能事备矣。若依时代而综计之，则东汉之世，历史画为多；北朝以后，宗教画为多；唐以后，描绘自然景物之画为多，其大较然也。

文字刻石之始

文字刻石之风，流衍于秦汉之世，而极盛于东汉。逮及魏晋，屡申刻石之禁，至南朝而不改。隋承北朝余风，事无巨细，多刻石以纪之。自是以后，又复大盛。于是石刻文字，充斥寰宇。若论石刻文字之最早者，自莫先于岐阳石鼓。此物原在陈仓野中，隋以前无知之者。唐贞观中，苏勖始纪其事。郑余庆徙置凤阳之夫子庙，而亡其一。宋仁宗皇祐四年，向传师得之民间，十数乃全。至徽宗大观二年，徙于汴京之辟雍。宣和元年，又移之保和新殿，以金填其字。靖康之末，金人辇致于燕，剔其金而留石于王宣抚家，其家后改大兴府学。至元成宗大德十一年，虞集为大都教授，求得于草野中，洗刷而护卫之。仁宗皇庆二年，集助教成均，言于时宰，以大车运载至国子学大成门内，左右各五鼓。由元明清以迄于今，皆宝重之。历年久远，不免残缺。展转播迁，竟得免于全毁，亦云幸矣。

石鼓为六国时秦物

　　自来考证石鼓时代者，言人人殊。自苏勖、韩愈言其字体为史籀之迹，直定为周宣王时物，而张怀瓘、窦臮、苏轼、赵明诚辈皆信从之。其后异说乃起，谓为秦鼓者，郑樵也，以秦权盉、殹二字为证；谓为成王鼓者，董逌、程大昌也，以《左传》成有岐阳之搜为证；谓为宇文周鼓者，马定国也；谓为元魏鼓者，陆友仁也；马据《周书》而陆据《北史》。清儒俞正燮，考定为北魏世祖太武帝时物。聚讼纷纭，言各有据。余平生考论斯物，服膺郑樵之言，为不可易，谓为六国时秦物。顾出于秦之何世，未能遽定耳。

秦统一天下后之刻石

《通志·金石略》云："三代而上,惟勒鼎彝。秦人始大其制而用石鼓,始皇欲详其文而用丰碑。自秦迄今,惟用石刻。"郑氏谓始皇所立者为丰碑,是直以文字之载于石者皆曰碑矣,其实不然也。刻碑之兴,当在汉季。自汉以上,皆但谓之刻石。《史记·秦始皇本纪》载廿八年始皇东巡,上峄山、泰山、芝罘、琅邪、碣石,以至会稽,皆言刻石颂秦功德。今石虽多不存,然泰山廿九字墨本犹为世珍。峄山及会稽有后人摹本,可见其概。《史记》所载,但名刻石,不称为碑,固明甚。

碑之本义

碑字见于载籍最早者，莫先于《仪礼》。《仪礼·聘礼》有"东面北上，上当碑"句，郑玄《注》云："宫必有碑，所以识日景，引阴阳也。凡碑引物者，宗庙则丽牲焉，以取毛血。其材，宫庙以石，窆用木。"又《礼记·祭义》云："君牵牲，既入庙，丽于碑。"孔疏曰："君牵牲入庙，系牲于中庭碑也。"又《檀弓》有"公室视丰碑"句，郑注云："丰碑，斲大木为之，形如石碑，于椁前后四角树之。穿中，于间为楹卢以下棺。"可知周人设碑，本有数用：庙门之碑，用石，以丽牲，以测日景；墓所之碑，用木，以引绳下棺。是古之所谓碑，本非刻辞之具明矣。

后世刻文于石谓之碑

刻文于石谓之碑，为汉以后事，非所论于古刻。然宋以来著录金石之书，言三代时石刻者，于夏则有《岣嵝碑》《卢氏摩崖》，并传为禹器；于殷则有《红厓刻石》[①]，传为高宗时物；《锦山摩厓》，传为箕子书；于周则有坛山刻石，传为穆王刻。其实，《岣嵝碑》虽见于唐宋人记载，不过传闻之辞。今可见者，实出明人摹刻，明郭昌宗已辨其伪。《卢氏摩崖》止有一字，清人刘师陆释作洛，或谓乃石纹交午而然，实非字迹。《红厓刻石》，俗称《诸葛誓苗碑》，清邹汉勋释为殷高宗伐鬼方刻石。赵之谦疑为苗族古书，似为近之。然世远年湮，无征不信。古刻自石鼓外，余皆不足信也。即如《岣嵝碑》之类，俗虽名之以碑，而实非碑也。

----

① 注：因"崖""厓"意义有别，本文中保留了原作中的用法。

碣与摩崖

古代刻石，有特立其石者，有利用天然石壁者。特立者谓之碣，利用石壁者谓之摩崖。《秦始皇本纪》言刻石颂功德者凡七（峄山、泰山、琅邪、碣石、会稽各一刻，芝罘二刻）。其文必先曰立石，后曰刻石，或曰刻所立石。所谓立石者，即碣也。《说文》石部云："碣，特立之石。"是已。《山左金石志》纪琅邪台刻石之尺寸云："石高工部营造尺丈五尺，下宽六尺，中宽五尺，上半宽三尺，顶宽二尺三寸，南北厚二尺五寸。"是其形制，当在方圆之间，上小下大，上狭下宽。推之其他诸石，亦必如此。与后世所立之碑，上下方匀如一，宽博而不太厚者，截然不同。如必正名，则秦所刻石，但可谓之秦碣。后世率名之为碑，是以后起之称，名上世之物也。至于摩崖，乃刻于崖壁上者。秦刻石中，惟碣石一刻曰："刻碣石门"，不云立石。古代摩崖之事，盖始于此。

古之摩崖石刻

古人刻石，不避艰险，而必从事于崖壁间者，一则可省伐山采石之劳；二则可藉山岩不崩不裂，可以传之久远也。至后汉而斯风乃盛，如《鄐君开褒斜道记》（永平六年）、《昆弟六人造冢地记》（建初六年）、杨孟文《石门颂》（建和六年）、李君《通阁道记》（永寿元年）、刘平国《通道作城记》（永寿四年）、李翕《西狭颂》（建宁四年）、李翕《析里桥郙阁颂》（建宁五年）、《杨淮表记》（熹平二年），皆摩崖之最著者。其后若北齐人在泰山东南麓龙泉峰山峪中大石坡所刻《金刚经》，字大逾尺，而书法纵逸遒劲，兼有篆隶笔意。历千余年，风雨剥蚀。部分经文，早已残缺。今所存者，尚有一千零六十七字，洋洋大观，令人惊叹。余昔登泰山，亲履其地。周览纵观，徘徊移时始去。其地虽似石坪，实即山岩之坡，仍为摩崖石刻也。世俗以为刻字岩壁，简易而可速成。于是自刻诗文于其上者有之，而题姓名以纪游山岁月者尤多。自此名山胜迹，几于无处无摩崖石刻矣。

汉熹平石经为经典石刻之始

刻儒家经典于石,乃我国文化史上之大事,始于后汉灵帝熹平年间。世所称《熹平石经》者,为历代刊刻石经之祖。由于经籍去古久远,文字多谬,俗儒穿凿,疑误后学。蔡邕奏定六经,灵帝许之。邕乃自书上石,使工镌刻,立于大学门外,用为当时传写经传之标准本子。于是后生晚学,咸取正焉。历经丧乱,其石早毁。近世《熹平石经》残石,大出土于洛阳。好古者收聚而考证之,确定当时所书为《尚书》《鲁诗》《周易》《仪礼》《春秋》《公羊传》《论语》共七经。

魏三体石经与唐石经

继熹平之后而刻石经者，有魏《正始石经》，乃魏齐王芳正始年间所刻。每字皆有古文、篆、隶三体，故后世称为《三体石经》。其石早毁，宋人《隶续》，曾著录其残石，近世洛阳又出土残石不少。王国维作《魏石经考》数篇，考证甚详。确定经数有《尚书》《春秋》，亦非其全。《隶释》载有《左氏传》残石，然今出土者尚未见其遗文也。唐文宗开成二年，准后汉故事，刻石经立于太学。其经数为《易》《书》《诗》《周礼》《仪礼》《礼记》《春秋左传》《公羊传》《谷梁传》《孝经》《论语》《尔雅》，为十二经（清贾汉复又补刻《孟子》于其后）。虽历经丧乱，迭有缺残，然不断有人修补，竟得保全。清代学者严可均撰有《唐石经校文》，最为精密。

孟蜀石经、两宋石经与清石经

五代十国时,孟蜀广政七年,从宰相毋昭裔之请,刻石经。其经数为《周易》《尚书》《毛诗》《周礼》《仪礼》《礼记》《春秋左传》《论语》《孝经》《尔雅》十经(宋田况又补刻《春秋公羊》《谷梁》二传,至皇祐元年毕工)。历代石经皆无注,惟《蜀石经》有之。经数既多,复增以注,故其石多至千余。惟其石多,损缺尤易。今存拓本可见者,惟有一九二六年庐江刘体乾辑印《孟蜀石经》八册耳。

《北宋石经》,为仁宗时立。肇始于庆历元年,告成于嘉祐六年。其字体为一行篆书,一行真书。经数为《易》《诗》《书》《周礼》《礼记》《春秋》《论语》《孝经》《孟子》九经。其石初在汴梁,金人移置燕京,后亦旋毁矣。

《南宋石经》,为高宗御书。绍兴十三年九月,左仆射秦桧,请镌石以颁四方。其经数为《易》《诗》《书》《春秋左传》《论语》《孟子》六经。字体为楷书,惟《论》《孟》作行楷,原石早毁。其全拓本惟江西白鹿书院有之,即南宋朱熹表请颁发者。后因书院毁于火,此本亦付之一炬矣。

《清石经》,为乾隆五十六年诏依蒋衡手书《十三经》以刻石者。字体为真书,清存国子监,今犹完好。虽为十三经全本,而资之以考正经文者甚少也。

古代石经不可尽据

汉之熹平，魏之正始，唐之开成，蜀之广政，北宋嘉祐，南宋绍兴，清之乾隆，皆有石经之刻。

今其石尚全，学者可据以考正经文者，惟《唐石经》耳(《清石经》虽全而用者少)。顾唐之石经，亦非全无疵颣也。其校正石经文字而附经以行者，则有唐张参《五经文字》、唐玄度《九经字样》附于《唐石经》之后，今犹并在西安。后人从事《唐石经》校勘者，如清初顾炎武始略加勘正。观其所作《九经误字》《金石文字记》，刺取寥寥，尚嫌疏略。乾嘉诸儒，若钱大昕，则揭"石经避讳改字""石经俗体字"诸例于《十驾斋养新录》。严可均通校全经，凡石经之与今本互异者、磨改者、旁增者，录出三千二百二十六条，而考证其是非，撰成《唐石经校文》十卷，最为精审矣。夫《开成石经》乃唐本经文也。论版本之早，固已远胜宋刊，而其失误尚如此，得谓古代石经可以全据乎！犹之校订其他古书者，以旧写本时代早最为可信。而汉墓出土之《老子》甲乙本，乃《老子》一书今可见到之最早写本。然取与今本对校，则有今本不误而汉初写本反误者。从知校正古书，其术多方，初未可但据时代早晚以定从违。则石经之不可尽据，不足怪也。

私人写作之石刻

石经之外，历代帝王以己之述造刻石者，以魏文帝《典论》为最先。明帝时刊此于庙门之外及太学，后乃与《正始石经》并亡。唐有玄宗御注御书之《孝经》，天宝四载立石。所谓《石台孝经》，今尚在西安。宋则有《绍兴府学孝经》，熙宁五年立，今在绍兴。宋高宗御书真草二体《孝经》，绍兴十四年立，今在遂宁。宋高宗书《礼部韵略》，亦有石本，后乃被毁。明则有《国子监孝经》，为万历间立，今在北京历史博物馆。《孝经》在群经中字数最少，止敌《礼记》中之一篇。或注或写，轻而易举，故历代帝王恒喜投以功力而传述之。至于士大夫之有权位者，乃亦刻书于石。唐颜真卿书颜元孙《干禄字书》，李阳冰篆书《易·谦卦》；宋司马光书《易·家人》《艮》《损》《益》四卦，《礼记·中庸》《乐记》二篇及左传晏子语；今皆在杭县。张栻书《论语·为政篇》，淳熙十一年刻，今在桂林。朱熹书《易·系辞》，今在常德。旁逮宋刘球《隶韵》、薛尚功《历代钟鼎彝器款识》之类，其初皆为石本。自雕版盛行，而石刻久亡。盖印刷之术日新，传书之法益便，无复为此烦难之事矣。古人之意，原欲藉刻石以垂久远，而其收效乃适相反也。

佛经之刻石

自儒家有石经之刻，而释道二教效之。论者谓佛经刻石，始于高齐宇文周时。而夷考其实，则元魏之时，已有刻经，特至高齐宇文周时而益盛耳。下迄金元以后，斯风渐息，其刻石之法有三：一曰摩崖，二曰树碑，三曰立幢。摩崖刻经，齐周为盛，以山东、河北、山西、河南为最多。如上述泰山经石峪所刻之《金刚经》，即其一例。此外如泰安之徂徕山，邹县之尖山、小铁山、葛山、冈山，磁县之鼓山，辽县之屋骒嶝，安阳之宝山，皆其最著者也。经碑，则分行列刻之，如太学石经之例，此类以房山为大观。隋大业中，僧静琬发愿欲刻经一藏，仅成《大涅槃》而卒。其徒联延数世，相继为之，始底于成。藏于石室，蔚为大观。此外虽山东、河南，所在多有，然皆不如房山之全也。经幢，形制如柱而有八棱。上有盖，下有座；大者寻丈，小者径尺。多刻陀罗尼经，以唐时为最盛。大抵佛经之藉石刻以传者，要不越斯三途矣。

道经之刻石

道教徒以道经刻石,始于唐之中叶,以景龙二年龙兴观《道德经》为最先,隋唐以前无有也。且所刻之经数,亦远不及佛经之多。以今所流传者计之,仅《黄帝阴符经》《老子道德经》《常清净经》《消灾护命经》《生天得道经》《北方真武经》《九幽拔罪心印妙经》《昇玄经》《日用妙经》《洞玄经》等数种耳。

《阴符经》有二本,皆宋刻。《道德经》有八本:唐刻五,宋刻一,元刻二。《常清净经》有三本:后梁一,宋一,元一。《消灾护命经》一本,《生天得道经》一本,俱宋刻。《北方真武经》一本,《九幽拔罪心印妙经》一本,俱宋刻。《昇玄经》一本,《日用妙经》一本,俱元刻。《洞玄经》一本,年月已阙,不知何时所刻也。此外,如《黄庭经》《灵飞经》等及赵孟𫖯所书一切道经,多为帖本,出自后人摹刻也。石刻道经之版本甚多,亦有可资儒家考证之用者,如老子《道德经》,有唐、宋、元八种刻本之多。后之研绎《老子》者,皆可取为校订今本之依据,作用甚大。

雕塑之始

雕者刻镂之谓，于金石土木之上刻之镂之，使成为人物形象，是曰雕刻。塑者捏作之谓，聚泥土以手捏之，使成为人物形象，是曰塑造。合二者言之，则为雕塑。在造型艺术中，雕塑固其重要者也。早在石器时代，已雕刻石器；自陶器出现，而塑造之事乃兴；其所由来远矣。至于见诸载籍，《韩非子》已云："刻削之道，鼻莫如大，目莫如小"，是即雕木为人形也。《战国策》亦有"土偶与桃梗相遇"语，所谓土偶，即泥塑之人形也。由于当时随处有之，故古人引以为言。而非此等雕塑之事，自战国时始有也。通古今而计之，雕有石雕、玉雕、木雕、牙雕，塑有俑塑、佛塑、人塑、物塑。类别既多，无烦悉数。

雕造大佛

自佛教传入中土，以形象感人，欲使广大信徒，皆能常见释迦牟尼佛、菩萨及其弟子之面貌，自必有赖于以绘画、雕塑，将佛像及有关人物、故事等，留其形象以供信徒之瞻仰崇拜，而雕塑之用尤广。由于僧徒修练道行，多在寂静之深山，故雕造佛像，多在山崖绝壁之上。论及我国石雕之工程，自以雕造佛像为大。其中形象最高峻雄伟者，又必推四川乐山大佛摩崖雕像为第一。高达七十一米，乃全世界最大之石雕佛像。较之阿富汗境内旧称世界最大之巴米羊①大佛，尚高十八米。其地当岷江与大渡河、青衣江三水汇流处，凭凌云山之悬崖陡壁，依势雕成。佛为倚坐式，两手置于膝上，头顶螺发，身着袈裟，袒胸赤足，形象庄严。此像始雕于唐开元元年（公元七一三年），完成于贞

———————————

① 注：现多称"巴米扬"。

元十九年（公元八○三年），历时九十年，始克竣工。显示出盛唐时代雕石工艺之卓越成就及创建此像之宏大气魄。

石窟内之大佛

佛像次于乐山大佛之高峻雄伟者,则有云冈石窟与龙门石窟内之大佛。云冈石窟在山西大同市西郊武周山北崖,东西绵延一公里,开凿于北魏中期,距今已一千五百余年。自始凿迄于完成,前后积四十年时间。现存五十三洞窟,五万一千多尊雕像。大型佛像,皆在无中心柱之窟内。最大石佛,高达十七米。第二十窟之露天大佛,其初亦在窟内。后因窟之前壁崩塌,始呈今日之状。被称为雄伟壮观之第六窟,除佛像外,尚雕出三十三幅描写释迦牟尼故事之浮雕。雕刻艺术,有其独特之风格。大多简朴劲直,棱角分明而有力量,与其他石雕故自不同也。

龙门石窟又名伊阙石窟,在河南洛阳城南伊河入口处。伊阙乃香山与龙门山对峙如双阙,伊水流经其间而得名。石窟在龙门山,故称龙门石窟。此在北魏迁都洛阳以后,随政治中心之移徙,而开凿造像之中心亦由大同转到洛阳。龙门石窟,诚然是云冈石窟之继续与发展也。其后千余年间，历代皆在此营造蜂窝式之大小窟龛以千计，造像九万余，碑刻题记至三千六百余方。以规模大小而言，龙门固尚逊于云冈。即以唐高宗经营之大佛洞而言，乃开凿于崖腹，极其深广。中央立大佛像，高十七米，坐于一丈高之台座上，左右有罗汉、菩萨等像。虽甚壮观，然犹不逮云冈之宏伟也。

塑造所以济雕刻之穷

山岩有宜于雕刻者，亦有不适于雕刻者。古人因地制宜，率以塑造代刻石，故塑像所以济雕像之穷也。如举世注目之敦煌莫高窟，俗称"千佛洞"，位于甘肃敦煌县城东南二十五公里之鸣沙山，南北长二公里，是我国规模最大、内容最富之石窟群。由于鸣沙山为砾岩，不能雕刻，古代工艺家因采用壁画与泥塑之形式，创造出世界著名之艺术宝库。壁画固其内容之大宗，而彩塑佛像多至二千一百余尊，有佛、菩萨、弟子、天王、力士等。唐代塑像中，如武则天时期塑造之两大佛像，"北大像"高三十三米，"南大像"高二十六米。庄严雄壮，集塑像之大成。其次如甘肃天水县东南四十五公里之麦积山石窟，有佛像一千余尊。因山石不宜雕刻，造像多为泥塑。此外如甘肃永靖县之炳灵寺石窟，佛像有石雕者，有泥塑者。顾泥塑者易毁，故新疆拜城县之克孜尔千佛洞塑像，已全部无存，可知遗迹之保存久远，泥塑固不如石雕也。

塑造精品

近世出土之唐代彩塑，或全用泥塑，或全部彩绘。造型生动，色彩鲜艳。如新疆吐鲁番出土一件彩绘骑马武士泥俑，武士骑白马，头戴盔，身穿甲，腰佩刀，左手执马，右手执旗，神态逼真，可与当时三彩陶俑媲美，信塑工之精品也。唐开元中，有塑像能手杨惠之，除塑像外，且能将山水画塑之壁上，其技介乎平面与立体之间。与完全立体塑像固有不同，而又与画壁有别。复善于描绘当时人物之现实生活，将每人之个性与特征，皆塑造为形象，人皆惊叹其技艺之高。由此而衍变之，遂开后世塑泥人、捏小像之风。宋代有鄜州田氏，清代有天津张氏，均以善塑泥人得名，分见《老学庵笔记》及《梦窗小牍》，皆塑造工艺之精细作也。

帝王贵族墓葬内外之石雕

刻石之术，除用于雕造大小佛像外，用途甚广，名类至繁。而帝王贵族墓葬内外之陪葬品及陈列品，即已不少。安阳殷墟遗址中曾出土一件坐式人像石雕，当为象侍奉者之石俑。《西京杂记》曾云："五柞宫西有石麒麟三，头高一丈三尺。乃秦始皇骊山冢前物也。"是即帝王陵前陈列石兽之始。其物虽已不存，其制固可推见。西汉诸陵，当亦有此设置。亦由年久而致毁没矣。东汉遗物，犹有存者。如出土于河南洛阳、陕西咸阳之二石兽，皆帝王陵前之遗物也。今日犹有实物可睹者，最早如南北朝时期南朝萧齐、萧梁陵墓前有巨型石辟邪，北朝西魏文帝陵墓前尚存一巨型石兽。至唐，则葬在陕西关中一带十八帝王陵墓前，皆有大量石雕，包括侍臣、鞍马、狮、虎、朱雀之类，以下历代帝王，皆沿其例。如唐太宗陵前之浮雕六骏，世称"昭陵六骏"，将太宗常用之战马六匹，就其特性而刻画之，栩栩如生，尤为石雕艺术中之珍品也。唐末王建，由节度使自立为蜀王。其墓在成都北郊，经发掘后，出土石像一座，斯乃不常见者。

大臣名将墓前之石雕

封建社会之大臣名将,死后亦有石雕立于墓前。霍去病为汉武帝时大将,因有战功,封为骠骑大将军,死后陪葬茂陵,并为起坟。其墓前石雕,即有"马踏匈奴"、跃马、伏虎诸刻。此外如陕西城固之张骞墓、河南南阳之宗资墓、四川雅安之高颐墓,皆有石兽雕刻。其后历代达官大臣,死后墓前皆立石人石刻,成为定制矣。

石雕之其他施用

石雕之用于建筑，其用尤广。当历代大兴土木之时，如营造宫殿、寺庙、园馆、亭塔，石工技艺表现在台基、栏杆、拱券、柱础等方面者，至为美观。就今可考见之遗物而言，如四川渠县东汉沈君墓阙上之朱雀浮雕、山东济宁东汉两城山祠堂之祠壁浮雕，其内容为乐舞、杂技、宴饮之图形，极其逼真。当时石雕工艺之水平，于斯可见一斑。

玉雕继石雕而起

玉与石并产于山，玉者，石之细润柔和而有光彩者也。自原始社会时已有石雕，随之而至者即玉雕也。新石器时代后期，玉器已有较大发展。远古文化遗址中，常有大批玉器出土。其时玉工对原料之选择、切割、磨制、钻孔以及雕刻之术，已有严格要求，并有专人从事玉器制作。为后来商代玉器生产之发展、雕玉工艺之精超，已奠定基础。自从殷墟"妇好"墓出土近六百件玉器后，于是商代后期制玉水平，粲然可考。品类既多，雕琢精美。其中最难得者，为圆雕或浮雕之人像及各种动物像。形象生动，神态各异，显示出当时玉雕水平之高。自周以下，历代续有发展，故玉雕之事，日益精进。玉器中固以小者为多，亦有特大而惊人者。如清代乾隆年间所琢造之"大禹治水图"大玉雕，重五千多公斤。原料出于新疆，雕琢则在扬州。展转运徙，终于辇致北京。今存故宫博物院珍宝馆内，世皆称之为玉山。其上琢造我国古代人民防治洪水之情景，至为感人。其雕造之工巧，犹余事已。

牙雕继玉雕而起

继玉雕而起者，厥惟牙雕。我国远古中原一带皆产象，故甲骨文中有"获象""来象"之记载。后因气候变化，象群南徙，而北方绝迹矣。浙江余姚河姆渡新石器时代遗址中，已出土刻有花纹之象牙杯及象牙长尾鸟。鸟之形象逼真，花纹精细。可知远在七千年前，我国牙雕工艺已达到一定水平。至商周时，牙雕可以模仿铜器细致花纹，或镶嵌绿松石。如安阳商代"妇好"墓出土之大型嵌绿松石兽面夔龙纹象牙杯，即已极其精工。其后历代续有发展，至宋元时，我国牙雕技工即已发明刻造象牙套球之绝技。能从整块象牙中雕出层层迭合、而每层均可自由转动之镂花套球。最初见记载于明初曹昭《格古要论》，但谓为三重套球，见者莫不叹为神技。发展至今，已有多至五十重者矣。明清时期，我国牙雕品类繁多，小者自雕扇、香熏、花插、笔筒，大者至花卉、盆景、山水、人物、鸟兽、虫鱼、巨型龙舟、连幅挂屏等，莫不应有尽有，成为特种手工艺中一大门类矣。

木雕工艺之成就

镂金、刻石、琢玉、雕牙，大抵以供帝王贵族之用。惟木雕为平民所共擅，其材随地皆有，取用又易，故木雕工艺更远在金、石、玉、牙刻镂之前。顾其质易朽败，无法保存久远耳。雕木与建筑关联至密，《论语》记载孔子批评鲁国大夫臧文仲不应在屋梁上施雕琢之工。可知周末建筑物上采用雕木作装饰，极其普遍。后世自帝王宫殿外，其他贵族以至大地主大商人之住宅，无不雕梁画栋，形成一种风尚。至于为宗教服务之大型木雕，更是惊人。如北京雍和宫内用楠木雕成之佛像，高达七丈；山西赵城县广胜寺大雄宝殿之木刻释迦像，庄严雄伟；皆见技艺之精工。若夫细微木雕，则历代皆有绝技。宋真宗时，一严姓女子能在檀香木上造瑞莲山，透雕五百罗汉及其侍者，刻造至为精细。明宣宗时，有夏白眼，能在橄榄核上雕成十六婴儿，眉目之间，喜怒俱备。又尝刻荷花九禽，各有不同形状，人皆称为神技。他如明末魏学洢所作《核舟记》，清初宋起凤所作《核工记》，皆记其在桃核上刻出山水、人物、服饰、舟车与历史故事，可谓巧夺天工，穷极幽眇，无以复加矣。

新石器时代已有漆器

我国用漆液涂饰器物，最早见记载于《韩非子·十过篇》，以为起于舜禹之世。《周礼·地官·载师》所云任地之事，"唯其漆林之征，二十而五"。可知周代漆之税率特重，须纳四分之一于国家，国家又设专官管理之。周末大思想家庄周，便曾任漆园吏。是古代对漆之生产，极为重视。大抵每一事物之兴起，皆不起于始有记载之时；必其事物兴起已久，而后笔之于书。故考事物原始，断不可但据书本，而必有赖于地下实物之发现始能论定其时代也。一九七六年，在浙江余姚河姆渡原始社会遗址中，出土距今七千年左右之木胎漆碗与漆筒，此乃今日发现之最早漆器，适当新石器时代也。古人以为起于舜禹之世，其时亦在原始社会末期，正与出土实物之时代相近。先民传说有据，殆不诬也。

用漆液涂饰器物

我国漆器兴起之早，与此工艺发展之盛，其根本原因在乎天然资源雄厚、种植漆树之业甚早而甚多也。漆树成林之后，但将树身穿一小孔，孔口置一竹筒，漆液即流入筒中，而盛之以容器。其色本白，是为生漆。熬晒之后，变成黑色，则为熟漆，即成可以涂饰器物之浓液矣。用毛刷匀刷之，则光泽加于器物，可永存不落也。漆字古本作桼，《说文》云："桼，木汁，可以髹物。象形，桼如水滴而下。"古人在造字时，已全图绘其形象矣。用桼涂饰器物，则谓之髹（音休），亦见《说文》，俗或作髹。在以漆涂饰器物之前，必先以漆和灰涂之以平其坼隙，待其既干，然后髹饰之，则平滑美观。《说文》："䰍，桼垸已，复桼之。""垸，以桼和灰而髹也。"此乃髹饰器物之工序，不可省已。

商周时期漆器之发展

漆器工艺发展至商代,已有很高水平。一九五〇年在安阳武官村商代大墓中,发现不少雕花木器之朱漆印痕。一九七三年藁城台西,商代墓葬中,出土几十片漆器残片,为朱红地、黑漆花纹,上下交错,构成多种美丽之图案。从残片中可辨认出当时漆器,有盘有盒。一九五八年,湖北蕲春毛家嘴出土一件西周早期之漆杯,在黑色、棕色漆地上,绘有红彩纹饰,制作十分精美。近年在湖北江陵、随县,湖南长沙,河南信阳等地,皆先后出土大量春秋战国时之漆家具、生活用品、乐器、兵器附件等。种类繁多,纹饰工细。其尤奇特者,如一九六五年在湖北江陵望山楚墓出土之一件彩漆动物座屏,周身黑漆为底,透雕五十一动物,形象逼真,栩栩如生。施以朱红、金银、灰绿诸彩绘,益见其精美绝伦,堪称漆器工艺中之杰作也。

周末漆饰之用日广

由于春秋战国时漆器之大量出土，足以说明其时漆饰工艺之高超，而范围亦极广泛。日常生活小件用品有耳杯、盘、盒、豆、奁、勺、鉴等，大件家具有几、案、床、车器等，乐器有鼓、瑟、钟架、鼓架等，兵器有盾、矛、弓、箭、箭箙等，丧葬用具有棺椁、灵床、雕花板、镇墓兽等。而列国诸侯穷奢极欲，《春秋谷梁传》在鲁庄公二十二年有"丹桓公楹"之记载，此乃当时贵族用朱漆涂饰楹柱之证。推之门窗栏杆，莫不用漆。降至秦汉，直以朱漆涂阶上地，所谓"丹墀"是已。

秦汉漆器工艺之成就

漆器发展至秦汉时期，已达到高峰。一九七六年在湖北云梦出土之"提绳漆筒""彩绘兽首凤形漆勺""彩绘漆盂""彩绘漆卮"等，皆秦器也。汉代漆器之出土量更多，每一地主、贵族墓多有数以百计之漆器陪葬。出土之地，遍及南北。内地如广东、浙江、安徽、江苏、湖南、四川、贵州、新疆、河北等省，邻邦如朝鲜、蒙古，皆先后有汉代漆器出土。其尤堪珍异者，为湖南长沙马王堆西汉墓中出土之数百件漆器。其中一号墓随葬漆器一百八十四件，一百三十四件漆器上皆有精美图案，蔚为大观，固世所罕见也。

画漆与雕漆

西汉元帝时，谏大夫贡禹上《疏》，指出当时宫中所用漆器"尽文画金银饰"。此种工艺，已开后世"剔红""戗金"之先。大抵我国漆器可分两类：一为画漆，一为雕漆。唐以前画漆之风盛行，唐以后雕漆之术特精。所谓"剔红"，即雕器中之一种。始于唐代，至宋特别发达。涂朱漆于木胎之上，至数十层，即于其上雕刻人物、楼台、花草。刀法奇巧，镂镂极精。而帝王用器，多以金银为胎，或以锡为胎，制造更为坚实。近世制造雕漆之地，以北京、苏州为盛；制造画漆之地，则在广东、福建。而福建沈绍安所制脱胎漆器，其轻如纸，尤为精美，闽漆遂驰名于世界。

脱胎漆器

脱胎漆器之制作，非常不易。事先必用木或土制成一模，将薄绸或绢蒙于其上，然后涂之以漆。及其已干，将模型取出，即就绸里漆面之器物，再涂以漆多层，乃成轻巧之脱胎器。此一工艺，在我国起源甚早。从新疆罗布淖尔考古发掘中，已出土西汉时以麻布为胎之类似脱胎器。六朝以后，大小佛像之漆饰，多用此法，当时称为"夹纻"。五代时，名画家滕昌佑，能用此法以造脱胎漆水果，在艺术史上极负盛名。可知此一精巧工艺，在我国已有悠久之历史。

镶嵌漆器

　　漆器之修饰，自绘画、雕刻外，尚有镶嵌之法。在我国起源亦早，而盛行于唐代。白居易诗中所云："缀珠陷钿贴云母，五金七宝相玲珑。"即已说明当时镶嵌之物，已有珠宝、金、银、螺钿等多种。漆器本有光泽，益以此等珍品，则更华丽矣。其次，即用金银薄片刻以花纹，镶在漆器上，然后涂以几重漆；待漆干后，施以细磨之功，即露出金银图案，十分光润美观。此法旧名"金银平脱"，亦称"戗金""戗银"。此一工艺，较之绘画、雕刻、镶嵌，尤为烦难。而吾先民竟能成斯创作，诚漆工之绝艺也。

新石器时代已有染色之法

古代妇女,职在绩麻缫丝,织成布帛,以供生活之用。布帛织成,初但纯白,无色彩之美。先民即发明染色之法,使之以各种颜色出现,自是改进生活之一大事。早在六千年前之新石器时代,即能将赤铁矿粉末染麻布成红色。居住于青海柴达木盆地诺木洪地区之原始畜牧部落,能将毛线染成黄、红、褐、蓝等色,用以织出有色彩之毛布。可见布帛染色之法,起源甚早。

草　染

　　染色所用原料，最初以草木之根、茎、叶、花、实为主要来源，次乃推及矿物。根据古代记载，大约蓝可以染青，荩可以染绿，茜可以染绛，橡斗可以染黑，栀子可以染黄，各以入染次数多少而呈现浅深不同之颜色。例如帛之青黄色名绿，青白色名缥，纯赤名朱，浅绛名纁，大赤名绛，丹黄名缇，赤黄名缜，青赤名紫，赤白名红，深青扬赤名绀。此类名目，均见《说文解字》系部，乃汉人总结前代染帛之品类而笔之于书者。《史记·货殖列传》叙述古代拥有"千亩卮茜"之家，其富裕"与千户侯等"。可以考见古代草染原料之需求量以及草染方法之普及矣。

石　染

古人采用草染之法外，又有石染。其染料就《说文》考之：越之赤石为丹，善丹为腹，赤土为赭。而《周礼》职金云："掌凡金玉锡石丹青之戒令。"郑注云："青，空青也。"合斯二书所载，即今日所谓朱砂、红土、石青、石蓝、石绿等物，皆矿质也。不用胶粘，则不能固着于他物。古人以糯粟代胶。故《考工记》钟氏云："染羽以朱，湛丹秫三月而炽之。"指出用朱砂染羽，必与丹秫（糯粟）同浸三月而后可研。古代旌旗与王后之车，用彩羽为装饰，即用此法以染羽。然则石染之法，以视草染烦难多矣。

石染草染有贵贱之分

清末朴学家孙诒让,曾撰《石染草染郑义述》一文,考证古代统治者冠服用色之制度,至为精审。大意以为古礼经冠服,以色辨等。浅深正间,衰次秩然;而同色又以石染、草染为尊卑隆杀之别。"石染之色尊,以为祭服;其他衮服及纯绿之属,则多用草染。""凡用木叶实以染,古通谓之草染。故《周礼》掌染草,止云敛染草,不云木,明草可该木也。"可知古代石染贵于草染,惟帝王贵族用之。广大平民,但用草染,以其取之易而为之不难耳。

古代染色之法有二

古代染色，约有二法：一是织成帛后加染，如绢、罗纱、文绮是也；一是先染纱线后再织，如锦是也。一九五九年在新疆民丰东汉墓中出土之"延年益寿，大宜子孙"，"万年如意"，"阳"字锦等，所用丝线，有绛、白、黄、褐、宝蓝、淡蓝、油绿、浅橙、绛紫、浅驼等色。足以说明当时染色品类之繁多，与夫配色技术之高超。古代但以青赤黄白黑为五正色，此五种彼此混合，即可得出多种间色。布帛染色之能丰富多彩，即由于此也。

由染色进为印花

　　稽之载籍,我国染色工艺,至商周不断改进提
高,宫廷已设专官如"染人""掌染草"主管其事。民
间初由单纯染布帛之法,发展为印花工艺。官府手
工作坊始采用之,更加推广。顾印花布帛易腐,不能
保存过久时间,故出土于地下者,尚未见甚早之实
物。湖南长沙战国楚墓中发现之印花绸被面,盖历
时为最久长者矣。长沙马王堆与甘肃武威磨嘴子西
汉墓中,均有印花丝织品出土,工艺水平甚高。而新
疆民丰汉墓出土之五光十色丝织品,色彩尤为鲜艳。
埋在地下已二千年,亦世所稀睹也。

雕板印花术

自从公元七世纪我国发明雕板①印刷术以后，民间便将此一工艺移用于布帛印花。用木刻花板套印出多种颜色并有图象②之织品。花板图案内容，除采取象征吉祥喜庆之动植物外，亦雕刻常闻常见之历史故事。民间印花布，以深蓝色为最多，其次为红色。印花题材，大半为龙、凤、麒麟、狮子、梅、兰、竹、菊、牡丹。或用谐音隐喻之法，寄托人之愿望，如以磬与鱼之图象以示"吉庆有余"；以佛手、蟠桃、石榴之图象以示"多福多寿多子"。用意深远，而富有情趣。

---

① 注：即今"雕版"，因最初刻于木板之上而得名。
② 注：指图样和意象，与今之"图像"有别。

雕板印花术起源甚早

长沙马王堆出土之印花织品,如泥金银印花纱、印花敷彩纱,是我国印染史上最早发现之印染代表作。泥金银印花图案,是以雕刻凸板印制。图案中线条光洁挺拔,虽甚细密,而不见断纹。印花敷彩图案,是先印成图案之枝蔓部分,然后再用各种颜色,描绘其花叶蓓蕾。此种印染之术,竟出现在二千余年之前,可知我国在未发明雕板印刷之时,已早擅有雕板印花法。特自雕板印刷术出现以后,亦有助于雕板印花法之改进与推广耳。

印花术今犹盛行于少数民族地区

我国古代虽有草染、石染之法，而不能在布帛上由染色而成纹彩。自印花术发明后，始能弥补此一缺陷。虽绘绣之法，起源亦早，然究不及印花之普遍应用，故民间仍多重之。此种印花术最初由我国传入印度，一六七六年始由印度传入英国，为欧洲有印花术之始，其时已至清初矣。少数民族中，印花之术特精。如苗族、布依族之蜡染，尤为精美。其法用蜡绘花于布上，然后进行染制。图案花纹，蓝白分明。由于蜡液在冷后出现之自然裂纹，染色后呈露出一种特有之装饰，尤为美观。今我国边远地区，犹盛行此一别具风格之工艺也。

绣　花

绣花与绘画，在我国古代，实相因而有不同。画花彩于布帛上，谓之绘；绘后施以针刺之功，始谓之绣。绣施于帛为多，必用针刺穿绸帛，上下交错其彩色线而后能成花彩，故古人直名曰刺绣。《汉书·货殖传》言："刺绣文不如倚市门"；《论衡·程材篇》亦云："齐都世刺绣，恒女无不能。"可知刺绣之名，在汉世已通行矣。此一妇功，起源甚早，初不始于汉也。远在原始社会末期，已知种桑饲蚕，织成绸帛。至商代丝织工艺已有广泛发展，西周春秋时更有提高。刺绣之业，至商周而已盛。特其时专供帝王贵族之用。平民所服，乃葛麻织品、印花布耳。

剥削阶级服用绣品之侈滥

古代帝王之服，衣用绘而裳用绣。图象则有日、月、星、山、龙、华虫（锦鸡）、宗彝、藻、火、粉米、黼、黻等十二类，非其人不敢服其服。已既穷奢极欲矣，后乃以文绣施之牛马，被之土木。迄乎汉初，富人大贾至用以张之屋壁。有如贾谊《陈政事疏》所云："白縠之表，薄纨之里，缉以偏诸，美者黼绣，是古天子之服，今富人大贾嘉会召客者以被墙。"当时侈靡之风，至为惊人。而劳动妇女辛勤绣成之工艺品，竟为少数人所专有矣。

魏晋南北朝时期之刺绣

由于封建统治者使用绣品之处愈广,妇功从事于此者愈多,刺绣工艺乃愈精,于是出现不少技艺绝高之能手。三国时,吴宫有赵夫人曾为孙权绣成山川地形军阵之象,作列国于方帛之上,写以五岳、河海、城邑、行阵之形,时人谓之针绝。前秦苻坚时,女子苏蕙,曾于八寸方帛,绣成纵横反复皆能成诵之诗二百余首。而唐代陆龟蒙《锦裙记》中,叙述所见古锦裙长四尺,下阔六寸,上减三寸半。左有鹤二十,势若飞起;右有鹦鹉耸肩舒尾,数与鹤同。中间隔以花卉,界道分明,精细无比。定为齐梁时代之物,诚所谓巧夺天工也。

唐宋时期之刺绣

唐宋乃刺绣昌盛之时。苏鹗《杜阳杂编》,记载永贞元年,南海贡奇女卢眉娘,能于一尺绢上绣《法华经》七卷。又载同昌公主有神丝绣被,绣三千鸳鸯,仍间以奇花异叶。而清初姚际恒《好古堂家藏书画记》复载:"唐绣大士像,妙相天然,其布色施采用线,凡三四层叠起,洵神针也。"可知刺绣至唐代,不特投艺超绝,而范围亦大推广。宋代承之,续有推进。由于宋人工于绘画,刺绣亦随绘画而大大提高。表现在刺绣山水楼台,乃其所长。针线细密,不露边缝,设色之美,较画更佳。

自其大处论之,唐绣以精细胜,宋绣以生动胜,斯其异耳。

宋代之刻丝

　　宋代在刺绣工艺高度发展下，又出现一种刻丝，亦称缂丝。此乃由针黹刺绣之技术，变为用木机织造之工艺。远在唐初，即已流行。不少有名书画，多由刻丝织造。至宋宣和年间乃大盛，主要产地在苏州。织造时以细蚕丝为经，色彩丰富之蚕丝作纬。各色纬丝，仅于图案花纹需要处与经丝交织。故纬丝不贯穿全幅，而经丝则纵贯织品。旧时刻丝记录中所谓"通经断纬"，即指此特点言也。此一工艺，虽由刺绣发展而成，而实与刺绣有别。故虽有织造刻丝之法，而刺绣终不能废。

明代之顾绣

明代刺绣工艺，以上海顾绣为最驰名。上海顾氏以明嘉靖三十八年进士顾名世而始著称，曾在上海营建花园，名露香园。一门子女，皆擅长绘画与刺绣。而尤以其孙寿潜为明末书画名家，其妻韩希孟，善绘花卉，刺绣更为精绝，当时称为"韩媛绣"。名世曾孙女嫁后早寡，亦以善绣为生，技艺特高。于是"顾绣"与"露香园绣"之名，为一时重。后人言及苏绣，必以顾绣为代表，非过誉已。今上海博物馆尚存发绣《停琴伫月图》，即明代顾氏七襄楼遗物也。以发绣帛，为我国绝技。在明代以前，即已有之。宋人曾以发绣《东方朔像》，早为外人攫去，今存伦敦博物院。可知发绣起源甚早，特至明代而大盛耳。自顾家外，能手犹多，如夏永以发绣成《滕王阁》《黄鹤楼图》，细若蚊睫，技侔鬼工，诚奇迹也。

民间之挑花与补花

我国刺绣工艺，虽丰富多彩，为世所称，然费工耗财，非广大平民所能有。于是农村妇女，乃创为挑花、补花之法以代刺绣。挑花是从布之经纬线挑出各种花纹，用以装饰衣裙衾枕。在少数民族中，尤擅高超之挑花技艺，非汉人所能及也。补花乃割取各种彩色布片，剪成花样，缝在单色布上，作为装饰。最初在西南少数民族地区流行较广。今则通都大邑之妇女，亦常取此省功而又适用之技艺，装饰自己之衣服器用，而刺绣之术固有以代之矣。

由架木为巢进为建造房屋

《易·系辞》云:"上古穴居而野处,后世圣人易之以宫室,上栋下宇,以待风雨。"古人所称"宫室",即指住宅而言,初无尊卑之分。故《尔雅》有《释宫》,乃通释房屋专篇也。从秦汉以下以宫为帝王之居,臣下则不得称宫矣。先民始造房屋,悉伐取树木为之,此固由架木为巢而改进者。一九七三年在浙江余姚河姆渡村发掘出新石器时代栏杆式建筑遗迹,梁柱间用榫卯接合,地板用企口板密拼,已具有相当成熟之木构技术,从知我国在六七千年前,已有如此水平之木构房屋,诚非易事。其后精益求精,日进不已。故我国古代建造房屋之工艺,起源甚早,而成就最大,居全世界最先列。

造室皆南向

先民造室，首先择其地之阴阳燥湿，必得适宜之地而后架屋。其次，重视屋之向背，例皆坐北朝南。以夏日可延南风而生凉，冬日可避北风而御寒也。由于向南造屋，门户窗牖皆南向。偶或向北开窗，则名之曰"向"。《说文》："向，北出牖也。"入冬，则以泥涂塞之以防寒风，《诗》所谓"塞向墐户"，是也。无论宫殿、民居既皆向南矣，则尊者老者背阴而坐，面皆南向，于是"南面""北面"之义，由此而起。凡载籍称天子为"南面"，弟子事师，自称"北面"；悉由于此也。《史记》称秦始皇开疆辟土，已云"南至北向户"，盖普天之下，室皆南向，延及极南，则北向矣，以喻疆土之无远弗届耳。今东西列邦造室，多采东西向，谓室内可引太阳，有益卫生也。而昧于夏凉冬温之旨，与吾国旧俗自殊。

木构房屋之建造

　　木构房屋，先在平地上筑土为基，基上安石础，立木柱，柱上安置梁架。梁架与梁架之间，以枋联接之。梁架上有檩，檩上施椽，椽上安瓦。有此构架之法，而室形成。再于柱与柱之间，安装壁板与门窗，谓之装修。装修毕，则可入此室处矣。其营造术之最精处，尤在于斗拱之发明。以方形木置于横梁直柱之间，减轻其负重以防其梁之断裂。使木构房屋得永保其坚固，斗拱之为用甚弘，自是古代匠师之重大创造也。此一用梁架构造房屋之术，起源甚早，在我国已有六七千年历史。举凡宫殿、庙宇、民居、农舍之建造，悉用此法。

古代帝王营造宫殿之侈靡

　　进入阶级社会以后,帝王侈营宫殿。商周之世,
文献不足,无由知其建造规制。《秦始皇本纪》称其
"营作朝宫渭南上林苑中,先作前殿阿房,东西五百
步,南北五十丈。上可以坐万人,下可以建五丈旗。
周驰为阁道,自殿下直抵南山。表南山之颠以为阙,
为复道,自阿房渡渭属之咸阳,以象天极阁道绝汉抵
营室也。阿房宫未成。成,欲更择令名名之"。规制
之大,范围之广如此。虽未建成,而劳民伤财,可以
想见。至其平日常居之所,《史记》言之亦详:"秦每
破诸侯,写放其宫室,作之咸阳北阪上。南临渭,自
雍门以东至泾渭,殿屋复道周阁相属,所得诸侯美人
钟鼓以充入之。"又云:"咸阳之旁二百里内,宫观二
百七十,复道甬道相连,帷帐钟鼓美人充之,各案署
不移徙。"由此可见秦始皇营造宫殿,穷奢极欲已甚。
自秦以后,历代帝王悉沿其辙矣。

帝王大营宫殿亦所以重威

汉高祖奠都长安，天下初定。《史记·高祖本纪》称"萧丞相营作未央宫，立东阙、北阙、前殿、武库、太仓。高祖还见宫阙壮甚，怒谓萧何曰：'天下匈匈苦战数岁，成败未可知。是何治宫室过度也？'萧何曰：'天下方未定，故可因遂就宫室。且夫天子以四海为家，非壮丽无以重威，且无令后世有以加也。'高祖乃说（悦）。"观萧何所言，深得帝王南面术之要。可知帝王必大造宫殿，力求壮丽，亦欲以崇高之势威临天下耳。武帝好大喜功，而所造建章宫华靡过于前代。千门万户，辇道相属。悬栋飞阁，不由径路。规制之宏，可以想见。

隋唐以下宫殿之富丽

　　自秦汉以后,宇内分裂。割据之势,延绵甚久。加以战祸频仍,迄少宁日。其间称帝称王者,非不欲大造宫殿以自逸豫。然疆土既小,财用不济,虽有经营规制,无由齐于往代,亦物力有以限之也。迨隋文帝统一南北,民物殷阜。城郭宫室,肆意经营。除有固定之宫殿外,更有活动宫殿。《隋书·宇文恺传》称"时上北巡,恺造观风行殿,上容侍卫者百人,离合为之,下施轮轴,推移倏忽,有若神助"。工巧至此,固前此所未闻也。唐太宗雄才大略,留意营造,于贞观八年,在长安龙首原建永安宫,后改为大明宫,范围宏大。宫城广二里百四十八步,纵四里九十五步。有二十一门、二十四殿、四省、十院及楼台堂观池亭,形势伟丽。宋都汴京,虽宫殿思仍唐制,然褊隘已甚。南渡后偏安江左,益无恢宏营造之力矣。自明成祖迁都北京,大营宫殿,规制过于前代。清之宫殿虽仍明旧,而康雍乾三朝全盛时,建造圆明园及热河行宫避暑山庄,极宏丽之巨观。迨圆明园毁于兵燹,清末又大营颐和园,迄今任人游览,世所共睹,犹可考见昔日封建帝王居处之奢泰也。

历代帝王之地下宫殿

古代帝王除生存时营造宫殿外,复为死后计,预建地下宫殿。今文献足征者,亦自秦始皇始也。

《史记·秦始皇本纪》称:"始皇初即位,穿治骊山。及并天下,天下徒送诣七十余万人,穿三泉,下铜而致椁。宫观、百官,奇器、珍怪,徙藏满之。令匠作机弩矢,有所穿近者辄射之。以水银为百川江河大海,机相灌输。上具天文,下具地理。以人鱼膏为烛,度不灭者久之。"此一地下宫殿规制之大,令人惊诧。但证以一九七四年在秦始皇陵东侧出土之巨大陶俑坑而进行推测,则地下宫殿之富丽奢侈如《史记》所言者,亦自不为过也。步秦皇后尘而从事于此者,则为汉武。即位后一年,即营陵墓。逐年选运珍宝器物送入墓中。在位五十余年,卒致不能再容物。地下宫殿之大,陪葬品之多,可以想见。由是后世帝王,相沿不改。

《晋书·索綝传》记载晋愍帝建兴年间,时方饥乏。有人盗发汉霸陵（文帝陵）、杜陵（宣帝陵），多得珍宝。愍帝问綝："汉陵中物，何乃多耶？"綝对曰："汉天子即位一年而为陵。天下贡赋，三分之一供宗庙，一供宾客，一充山陵。汉武帝享年久长，比崩而茂陵不复容物，其树皆已可拱。赤眉取陵中物，不能减半。于今犹有朽帛委积，珠玉未尽。此二陵，是俭者耳。"由此可知古代帝王即位之初，即营陵墓。尽输珍宝器物以实其中，早已成为定制。吾人今日所能目睹之明代孝陵、十三陵，清代东陵、西陵，以及陕西境内之汉唐诸陵，外观既甚雄伟，内蕴必极宏富。但就一九五六年五月发掘出土之明代定陵（神宗陵）地下宫殿中大量珍贵文物来看，即可推知其他。举凡帝墓中陪葬品之丰厚，悉由搜刮民脂民膏而成者耳。

历代帝王营造之被毁

古代帝王所造宫殿虽极侈丽，而多毁于兵火；所营陵墓虽甚奢靡，而多败于盗发。《史记·项羽本纪》："烧秦宫室，火三月不灭。"是秦宫毁于项羽也。《汉书·王莽传》云："众兵发掘莽妻子父祖冢，烧其棺椁及九庙、明堂、辟雍，火照城中。"又云："赤眉樊崇等入关攻更始，遂烧长安宫室市里，长安为虚。城中无人行，宗庙园陵皆发掘。"是西汉建造毁于兵燹也。《后汉书·献帝纪》称"董卓焚洛阳宫庙及人家"，是东汉经营毁于董卓也。秦汉之世如此，推之历代莫不皆然。谓藉此以惩帝王之奢荡，固无不可；然而所毁之物力既多，破坏之工艺尤大，谓之为损灭文化，亦责无可逭也。加以累代建筑，皆聚天下之名材异产而后兴工，又经无限之技匠而后造成。为之经年，毁于一旦，使后人不能复睹先民制作之精，自是吾国文明史中一大损失也。

私营府第园林之胜

《汉书·高帝纪》云："为列侯食邑者,皆佩之印,赐大第室;吏二千石徙之长安,受小第室。"是汉之大吏,皆有赐宅也。而外戚权臣及有大力者,大治第室,争为奢侈,甚至仿效帝王之居。历代沿之,而达官贵人之府第遍于都邑。府第之外,复治园林,极山水亭阁楼台之胜。自宋元以来,名园日起,而尤萃于江南一带。今犹可见者,若苏州之留园、怡园、拙政园、狮子林、沧浪亭以及扬州平山堂之类,皆前代显宦巨商、名人高士之所建造,布置经营,各呈其妙。大至山石之奇特,小至窗棂之精雅,莫不体现其时工艺之高超。虽以昔日帝王之尊,亦歆慕其清幽深秀。故清代康熙、乾隆二帝,皆六次南巡,尽揽江浙名胜,命画工描绘为图,归而仿建之于圆明园中。外人至称颂圆明园为"万园之园",不诬也。嘉庆以下诸帝不复南游者,以江南胜迹悉萃于斯园,不必求之于外耳。自一八六〇年圆明园毁于英法联军之役,于是斯园工艺精华,扫地尽矣。

佛教建筑之兴起

自佛教传入中土，东汉明帝时即为建白马寺，是为我国有佛教建筑之始。魏晋时代之佛寺，可于《洛阳伽蓝记》考见其一斑。南北朝时佛教盛行，修造更广。唐诗所谓"南朝四百八十寺，多少楼台烟雨中"，即可知其营建之多。由于采用木材结构，易致朽败塌毁及引起火灾，故唐以上宗教建筑，存者绝少。国内今存佛教木建筑物之最古者，自推山西五台山豆村镇佛光寺大殿，为千年以上之构造。此乃唐末会昌年间毁佛以后于公元八五七年重建者。柱头上有巨大斗拱，外以挑着屋檐，内以承托梁架，充分显示出中国建筑术之特长。屹立一千一百年，至今完整如初，此固不可多见者也。至于国内佛寺之最早而犹存者，自以杭州灵隐寺为东晋咸和年间印度僧人慧理所建，历时最长。后虽迭经修葺，而旧址未易，但有增广耳。

塔之建立

随佛寺而建立者有塔。塔之起源，导于印度之窣堵波。梵名又曰塔婆。其意义乃以藏佛舍利之用，故又有舍利塔之称。中国或译作浮图，又作浮屠。自佛教入中国，其建造始见于内地。《洛阳伽蓝记》称"明帝崩，起祇洹于陵上。自此以后，百姓家上或作浮图焉"。是为塔见记载之始。我国古代建塔，不外两种：一、实心塔，用砖石砌成，不能登临；二、楼阁式塔，内有梯级，可以升高眺望。取材不外木、砖、石、铁、琉璃；外观有圆有方，有六角、八角、十二角形。高度有一、三、五、七、九及十余层，而以七级者为多。历代遗存之古塔，如河南登封县嵩山南麓之嵩岳寺塔，陕西西安市郊之大雁塔，山西应县城之佛宫寺释迦塔，山东济南市青龙山南麓之神通寺四门塔，河北定县城内之开元寺塔，河南开封市内之佑国寺塔，云南大理县城郊之崇圣寺三塔，北京西城区之妙应寺白塔，皆古代之名刹也。塔一名刹，音之变耳。其中如山西应县城之佛宫寺释迦塔，为我国现存最大最高之木塔。山东济南市之神通寺四门塔，乃我国现存最早之单层石塔。余皆形式不一，高低各异。其修造工艺俱佳，犹足供今人考证也。

历代孔庙之修缮

　　历代奉祀孔子之文庙，无论在通都僻县，皆有营造。其中最辉煌者，首推北京、西安、曲阜之孔庙。尤以曲阜所建为最壮丽，相传始建于鲁哀公十七年。其后历代皆有兴修，今所见者乃清雍正十二年大举重修之规制也。曲阜除孔庙外，尚有孔墓、孔府、孔林，相联为一，占地甚广。历代帝王，多往祭祀。在封建社会，普天之下莫不以尊孔祀孔为兢兢。其所以深入人心、为后世所崇敬者，实帝王提倡之功也。孔子答齐景公问政，但曰："君君臣臣，父父子子。"有此八字，为君者始足以臣妾天下。故行帝制以宰割生民者，必以此为护身之符。由此，可知历代帝王提倡尊孔之故矣。故袁世凯称帝，亦必以祀孔为先也。今观曲阜孔庙建造之术，规制之宏，不下于明清故宫，亦可考见其工艺之精美也。

舟楫之创始

远在荒古尚未创制舟车之时，陆则步行，水则泳游。泳游恐溺于水，则系匏于颈，资以远渡。匏即壶芦瓜也，干之则中空能浮，故初民资之以济江河。后见朽木或树干落水不沉，始以独木为舟。进而剡其中使空，益能多容，于是舟形乃见。舟之言周也，谓周密无漏隙，始可乘之以行于水也。远古但空木为舟，后乃集板成舟，皆必周密不漏，方能免于下沉耳。自集板成舟之术行，而后舟之为用始广。然其时制造有限，故先民仍不能专任舟。《诗·邶风·谷风篇》所谓"就其深矣，方之舟之；就其浅矣，泳之游之"。可知古人渡水，凡遇深而远者，则资舟楫；浅而近者，则仍泳游；二者尚兼行不悖也。甲骨文中已有舟字，作㠭作㫃。然在商代以前，早已有舟，不可谓其时出现舟字，遽以舟之为物，至商代始有之也。特以舟由木制，易于朽敝，故今日地下发掘，犹未见远古舟楫遗骸耳。

周末秦汉之造船工艺

舟之为用，初但载行人以济江河，供出门之便。后乃发展为以通邦国之往来与夫交战之工具，由国家设官专管修造之事。春秋战国时，南方已有造船工场，在诸侯国之间，常以船通往来，并有战船之记载。公元前六四八年，晋饥，秦以船运粮经渭水、黄河、泌水以达于晋。公元前四八二年，越攻吴，水军沿海北上，进入淮水，与吴军战。其时战船已有多种制作，并广泛使用。观战国铜器纹饰中之战船图形，即可知其梗概。一九七五年在广州发掘出一处古代造船工场遗址，乃秦汉时期造船之所。汉代造船，约分为客船、运输船、渔船、战船诸类。战船中最有名者为楼船，高十余丈，分三数层。汉武帝曾在长安附近疏通水路，制造楼船，以训练水军。其时已确立中国与日本之海上交通，南方亦已发展对印度洋及其以西之海上交通。当时造船工艺已甚发达，且已航行于远海矣。

隋唐两宋之造船工艺

隋代曾造大龙舟,高四丈五尺,长二十丈。唐代曾造大海船,长达二十丈,载重一万石,可容六七百人。尤以太宗时所造之车船为最奇,船两旁装有螺旋木叶轮,用脚踏动,拨水前进,其行甚速。其后唐德宗时,荆南节度使李皋造战舰,用人力踏动两轮,速如奔马。宋代续有发展,曾多次加造此船。韩世忠在长江中抵抗金兵,曾用此以制敌。杨么聚众洞庭亦以四轮激水,船行如飞。此一制造,颇似原始形态之轮船。相传远在南北朝时,即已有之,至唐宋而运用更广耳(西欧各国,至十五世纪方有此种类似之船)。至于近岁在福建泉州湾发掘出土之一艘宋代木造海船,船身长七八丈,船板结构由两三层叠合而成,有十三舱,乃当日远洋货船。虽已残破,犹可考见宋代造船术之成就也。

明代航海大船之制造

明代造船业更为发达，船厂林立。明成祖为加强对外联系，巩固政权，欲以国家之力组织强大船队去外洋，进行商务贸易与外交活动。即以此事委之郑和，和乃监督诸船厂，造成六十二艘航海大船，称为"宝船"。其中最大者，长四十四丈四尺，宽十八丈；次则长三十七丈，宽十五丈。体势雄巍，世无与匹。郑和竟于公元一四〇五年至一四三三年（明成祖永乐三年至宣宗宣德八年）二十八年间，七次航海，遍访亚非三十余国。其船队由六十二艘"宝船"及其他船舶共二百余艘组成。此一航海壮举，规模空前，不仅藉以沟通中外文化，亦以显示明代造船工艺之高超，影响至为深远矣。

车舆之创始

陆行用车，犹水行之以舟也。车之起源，亦已早矣。以车由木制，易致朽敝，故地下尚未出土甚早之车。然其制作自必始于原始社会末期。而古书所记，多谓夏代奚仲所造，则犹降低其创始之时代矣。人类自有车之发明，乃进化史上一大事。我国古代传说时期，有所谓黄帝者，名轩辕氏。轩辕，即车之异名也。余尝以为史前文化，如文献中所云有巢氏、燧人氏、伏羲氏、神农氏，皆非人名，而为进化阶段之代名词。有巢氏代表巢居，燧人氏代表用火，伏羲氏代表捕猎，神农氏代表耕种。其先后次序，与人类进化历程，实相吻合。而旧说率视为智周万物之圣人，非也。循此推之，则所谓轩辕氏者，实代表车初出现之时代耳。自有车舆之创造，而后文明日进。稽之载籍，多以事物发明，归功黄帝。夫亦曰自有车之日起，而人类社会乃渐离野蛮而入文明耳。惜今发现之新石器时代文化遗址中，尚未见出土车之残存，足以证成吾说耳。

集众工而后能成一车

车以有轮而行,轮橑谓之辐。原始之车轮无辐,但以一厚圆木板为之,后乃进而创造出有辐之轮。甲骨文车字作🚗、象实物之形。商周王室贵族用来作战与狩猎之车,形制已比较精巧,乃由车辕、车舆与轮、轭等部分构成。各部分再细加分工,加上马具、辔饰等等,名目多至数十种。故《考工记》云:"一器而工聚焉者,车为多。"可知一车之成,事资众手。《考工记》中除车人外,尚有轮人、舆人、辀人之分。各司其职,专治一物,而造车工艺乃益精。

车轮制造最关重要

　　战国时人所撰《考工记》，已总结往昔及当时制车之法，成为官府制车工艺之规范。首先注意于车轮之检验：所谓"规之以视其圜"，即用规校准其轮，视其外形是否正圆；所谓"萬之以视其匡"，即言轮面必须平正；所谓"县（悬）之以视辐之直也"，即用悬线察看辐条是否准直；所谓"水之以视其平沉之均也"，即将轮投入水中，观其浮沉是否一致，以定其均衡与否；所谓"量其薮以黍，以视其同也，权之以视其轻重之侔也"，即力求两轮尺寸大小与轻重，皆能相等。由此可见，古人对轮之制造，严格不苟如此，亦可考见其工艺水平也。

帝王贵族所乘之车

乘车所以代步，藉兽力以挽引之。大车以马以牛，小车以驴以骡。亦有以人挽者，则谓之辇。在奴隶社会，最高统治者所乘车，驾四匹牡马，车上安装八铃，古人名之曰鸾。车行进时，铿锵有声。《诗·大雅·烝民篇》所谓"四牡骙骙，八鸾（同鸾）喈喈"。谓其驾车出行之盛也。当时帝王贵族所用车，装饰极美。为使车体稳固，在关键处采用青铜构件，并有一套用铜贝甚至黄金等制成之饰物。制作工致，名目繁多。又如车轴之端，有辖以贯之，所以禁毂之突出，初但以铁为之，后乃益以用金银丝镶嵌而成之纹饰，至为华丽。如此之类，既可见帝王贵族生活之侈靡，又可考造车工艺之精美也。

独轮车之出现

车之大用，尤在于载物转重。凡人力所不能负担者，端赖车马以运徙之。古代自王宫以至民间，皆有运输之车。其制作虽粗简，而有裨实用。但常用之两轮运物车，适宜于平原及宽道行驶；遇山地崎岖路窄林深之处，则无法行进。我国在西汉末、东汉初，即已发明独轮车。车后有二柄，由一人秉持推之而进。虽羊肠小径，皆可通行无阻，人多便之，即三国时之所谓木牛也。《说文》云："輂，一轮车。"是已。四川成都扬子山汉墓之画像石、四川渠县燕家村蒲家湾汉代石阙，皆有其形象。可见独轮车起源已早。益可考见先民创物，有因地制宜之妙。

战车之兴起

古代有国家者，为耀武扬威、克敌制胜，而广造战车，犹舟之有战船也。在春秋战国时，由于车战不息，竞修军备。国与国之间，至以战车多少为强弱之标志。有所谓"千乘之国""万乘之君"等名号。《孟子·梁惠王篇》云："万乘之国，弑其君者必千乘之家；千乘之国，弑其君者必百乘之家。"赵岐《注》云："万乘，兵车万乘，谓天子也；千乘，兵车千乘，谓诸侯也；百乘之家，谓大国之卿。"是古代奴隶社会，自天子、诸侯、卿，皆有自备之兵车。虽多少不同，而用之战伐相攻则一。世间事物之创造，原以有利于民生日用。如舟车之制，所以便交通耳。而黠者得之，即成争夺相杀之具，以为民害，斯固造物者之所不任咎也。

桥梁所以济舟楫之穷

交通设备自舟车外，则桥梁为要。凡遇两岸对峙，中有小溪横过，或急流截断大道，不宜行舟之处，则有赖于桥梁以通行人。故桥梁者所以济舟楫之穷也。秦汉以前，载籍称桥为"梁"，或曰"徒杠"。自《史记》载秦昭襄王五十年，初作河桥，桥字始见于文献。《说文》云："梁，水桥也"；"徒，步行也"；"杠，横木也"。盖其初但架木水上，横亘如梁，若今独木桥，仅供一人徒步之用，故有徒杠之称耳。后世桥梁种类虽繁，然除拱桥、索桥之外，要不外由简朴之木梁演变而成。若依桥之外观及结构质料而分，约有梁式之桥、拱桥、索桥三大类。而以梁式之桥最为普遍，其发达之时期亦最早。

古代名桥之建造

吾人今日尚能考见之古代桥梁形式，乃汉代画像石、画像砖及壁画上之桥。山东沂南汉墓画像石上，刻有一座石梁桥；四川成都青杠坡汉墓画像砖，刻有一座木梁桥。结构分明，犹可考见其形制。由于木梁桥不能耐久，于是造桥者以修建石梁桥为多。我国境内之石梁桥，以陕西西安之灞桥、福建泉州之洛阳桥、晋江之安平桥、北京之芦沟桥为最有名。尤以洛阳桥之建成，影响于后世者为最巨。其地适当洛阳江入海口，江面开阔，与海交汇，水急浪高，不易施工。北宋皇祐五年（公元一○五三年）兴建，嘉祐四年（公元一○五九年）竣工。由于工人采用新技术，取大石投之江底，筑成水下石堤。然后在石堤上用条石叠砌成桥墩，成为现代桥梁工程中"筏形基础"之先驱。又发明种蛎固基之法，使桥基、桥墩之石，通过牡蛎相互联结，成为坚牢凝固之整体。此类发明，皆前此所未有，显示出创造精神，至今仍为中外科学家所赞叹。

拱　桥

　　拱桥之建造，起源亦早。据《水经注》记载西晋太康三年(公元二八二年)河南洛阳东六七里处，有用石建成之旅人桥，"下圆以通水"，此乃见于记载最早之石拱桥。而保留至今最古最著名之石拱桥，为河北赵县之安济桥，亦称赵州桥。建于隋代大业年间(公元六〇五—六一七年)，距今一千三百余年，仍横跨洨河之上。中经洪水地震之患甚多，巍然无损，为世界所罕见。当时由工技家李春设计，桥长五十余米，宽九米，用石砌成，一跨过河，中间无墩。此一工程技术之高超，为古今所惊叹。桥上石栏杆之各种雕刻，苍劲古朴，布局变化多方，尤显示出高度艺术水平，最为难得。

联拱桥

安济桥建成后,对各地桥梁建造,影响至大。河北、山西、浙江、江苏、贵州等地,相继出现不少敞肩拱桥,在建造技术方面又有新发展。如北京芦沟桥、苏州宝带桥,为南北两座最著名之联拱长石桥。芦沟桥位于北京西南永定河上,建于金代大定二十九年(公元一一八九年)。长二百六十六米,宽八米,十一孔。桥横石柱上雕刻有四百八十五大小石狮,各具形态,生动活泼。宝带桥位于苏州城南淡台湖上,建于唐代,其后各代均有重修。全长三百一十七米,五十三孔。中间三孔特高,可以通船。桥体宏伟壮丽,望之如宝带然,故名。

索 桥

以索为桥,创于我国。我国西南、西北地区,河流谷深水急,无法筑墩建桥,先民即创造用竹、藤、铁作索为桥。《洛阳伽蓝记》载北魏时新疆地区已有铁索桥。索桥又分独索、多索二种,而以多索为桥者较广。最有名之多索桥,为四川灌县①之竹索桥及泸定县之铁索桥。灌县竹索桥位于都江堰口,用十根大竹索平列为桥身,其上横铺木板为桥面,全长三百二十多米。江中有石墩一,木架八,将桥分为八孔。建于何时,文献无征。今所循用者,乃清代嘉庆八年(公元一八〇三年)所重建。泸定铁索桥,位于大渡河上。长一百零三米,宽三米,用九根铁索铺木板为桥,建成于清康熙四十五年。

---

① 注:1988年更名为"都江堰市"。

论图书第三 附论文具

作图写书，皆艺事也。或谓作图近乎绘画，信可目之为艺矣。敢问写书奚以见其为艺乎？余则以为凡涉构思而有所述造，其不足以谓之道者，则但能谓之艺，艺固所包者广也。昔刘熙载裒其论诗文词赋、书法经义之言为一编，而总名之曰《艺概》，艺岂可局限于一隅乎？充栋之书，艺固居其太半矣。图与书，固艺中之近文者耳。余于品书画、评工艺既毕，乃进而考论图与书之得失，因类而及也。郑樵《通志总序》有云："河出图，天地有自然之象，图谱之学，由此而兴；洛出书，天地有自然之文，书籍之学，由此而出。图成经，书成纬。一经一纬，错综而成文。古之学者，左图右书，不可偏废。"然则图、书并重，昔人已先我言之。今特就图谱、书籍二者，为论列焉。

作图之重要而传者少

昔人重视图象者,无如郑樵。《通志·图谱略·明用篇》,尝畅发其旨。以为天下之书,古今之学术,凡十六类。有书无图,不可用也。若析言之,则非图无以见天之象,非图无以见地之形,非图无以作室,非图无以制器,非图无以明章程,非图无以明制度,非图无以明关要,非图无以别经界,其所阐述者详矣。又于《通志总序》中谓"刘氏作《七略》,收书不收图,班固即其书为《艺文志》。自此以还,图谱日亡,书籍日冗。所以困后学而隳良材者,皆由于此"。郑氏重视图之大用,是也。至以图之无存,归咎于河平校书之时,直斥"向歆之罪,上通于天",斯亦过矣。盖制图本难于属文,故自古以来,书多而图少。班氏承《七略》而撰《艺文志》,其有图者,仍著录之,其无图者,古人本阙,非有意屏弃也。郑氏必苛责前人,失其平矣。况郑氏自著之书,亦未见有天文、地理、器物、制度之图,收入《通志》,而亦仅托空言以成书,是岂可以一概论乎?

绘制地图之始

制图之萌芽甚早。远在新石器时代后期，由于制陶工人在陶器上绘出直线或曲线组成之圆形、方形、菱形、波浪形、锯齿形及几何形图案。此固绘画之起源，亦即作图之基础，基础具则制图之法遂起。进入阶级社会后，首先重视地图之绘制。《周礼·地官》已云："大司徒之职，掌建邦之土地之图，与其人民之数，以佐王安扰邦国。以天下土地之图，周知九州之地域广轮之数，辨其山林川泽丘陵坟衍原隰之名物。"而《夏官》又称："职方氏掌天下之图。"即使《周礼》是战国晚出之书，亦足证明地图在周代之被重视矣。征之文献，周成王营洛邑，《尚书·洛诰》乃云："伻来以图及献卜。"可知西周之初，已盛行地图。

周末地图名类渐繁

春秋战国时期，列邦分立，各有地图，而名类渐繁。《周礼》中列举职掌各种地图之官不少：有专掌版图（户籍地图）者，有掌土地之图者，有掌金玉锡石之地图者，有掌天下图（全国地图）者，有掌兆域之图者。制图分工，已甚精细。一九七七年在河北平山县战国时期中山国王墓葬中，出土一长方形铜质图版，乃建墓时所制建筑形式与范围之示意图，亦即《周礼》中所谓"兆域之图"也。荆轲刺秦王，置匕首于地图中。秦始皇兼并六国后，尽收天下图籍，置之秦廷，其中自以地图为最重要也。

军事地图之兴起

周末战争频繁，用于军事上之地图尤为普遍。有关军事地图之书，相继行世。如《孙子兵法》与《孙膑兵法》二书，原来分别附图九卷、四卷。兵书而附有地图，其用甚大。《管子·地图篇》云："凡兵主者必先审知地图辕辕之险，滥车之水，名山通谷经川、陵陆丘阜之所在，苴草林木蒲苇之所茂，道里之远近，城郭之大小，名邑废邑困殖之地，必尽知之。地形之出入相错者，尽藏之。然后可以行军袭邑，举错知先后，不失地利，此地图之常也。"由此可知周末制作地图之术，已甚高超。用之行军，尤为切要。

保存至今之最早地图

古代地图，不易保存久远。今日犹能见到之古代地图，惟南宋时期刘豫阜昌七年（公元一一三六年）刻于石碑之《禹迹图》与《华夷图》。而一九七三年在湖南长沙马王堆三号汉墓中出土之三幅汉初地图，皆绘制于帛。一为《地形图》，一为《驻军图》，一为《城邑图》。距今已二千一百余年，为现存以实测为基础而绘成之最早地图。此三幅图，皆以上为南，下为北。《地形图》绘有山脉、河流、道路与居民点，地域范围主要为当时长沙国之南部。《驻军图》复标明布防、防区范围与指挥城堡。《城邑图》乃一县城平面图，绘有城垣与房屋。此三图皆显示出测量及制图技术水平均甚高超。图中已有统一之图例，而绘图笔法极其熟练。马王堆西汉地图之出土，诚然是地图学史上之大事。

汉史所称图书乃指地图与户口册

汉高祖定天下，得力于掌握天下地图与户口册。《史记·萧相国世家》，叙述萧何入关时情况，有云："沛公至咸阳，诸将皆争走金帛财物之府分之，何独先入收秦丞相御史律令图书藏之。沛公为汉王，以何为丞相，项王与诸侯屠烧咸阳而去。汉王所以具知天下阨塞、户口多少强弱之处，民所疾苦者，以何具得秦图书也。"此处所用"图书"二字，乃指地图与户口册，非谓常见之书籍也。《史记》所云"何独先入收秦丞相御史律令图书藏之"，即谓当时是从丞相府取得律令，从御史大夫府取得图书耳。地图在秦代，保藏在御史大夫府。汉初犹沿秦制，故《三王世家》有"御史奏舆地图"之语。

制绘地图之六例

我国制绘地图之方法,至公元三世纪西晋裴秀撰《禹贡地域图序》,始发为精辟之理论。曾指出制图之体有六:"一曰分率,所以辨广轮之度也;二曰准望,所以正彼此之体也;三曰道里,所以定所由之数也;四曰高下,五曰方邪,六曰迂直,此三者各因地而制宜,所以校夷险之异也。有图象而无分率,则无以审远近之差;有分率而无准望,虽得之于一隅,必失之于他方;有准望而无道里,则施之于山海隔绝之地,不能以相通;有道里而无高下方邪迂直之校,则径路之数,必与远近之实相违,失准望之正矣,故以此六者参而考之。然远近之实,定于分率;彼此之实,定于道里;度数之实,定于高下方邪迂直之算。故虽有峻山巨海之隔,绝域殊方之迥,登降诡曲之因,皆可得而举定者,准望之法既正,则曲直远近无所隐其形也"(见《晋书·裴秀传》)。据此,可知裴氏地图法,已使用比例尺(分率);注意到方位(准望)及距离（道里）；明了于地形表示方法（高下方邪迂直）。此皆符合于近代科学制图原则，为世所重。

缩制地图之法

裴氏在当时除绘成《禹贡地域图》十八幅以外，复发明缩制地图之法，将一幅原来"用缣八十匹"制成之天下旧图，以一分为十里，缩小为方丈图（见《北堂书钞》卷九十六），此固当时伟大创造也。裴秀在晋初任司空，职掌地图。虽所营为，多出门客京相璠等所共成，然由其主持工作，善于总结前人制图经验，汇集当时群众智慧，终于开辟制图新法，其功信不可没。裴氏生于魏文帝黄初四年（公元二二三年），卒于晋武帝太始七年（公元二七一年）。远在公元三世纪中期，吾国制绘地图之技艺，已臻此境矣。

活动地图之出现

南朝刘宋时(公元五世纪)有谢庄,能以木板制成可以分合之活动地图。《宋书·谢庄传》称其"分左氏经传,随国立篇,制木方文,图山川土地,各有分理。离之则州别郡殊,合之则宇内为一"。细味此末二语,可知当日用木板随各国地域广狭曲直,裁成不整齐之形式,有如今日之"七巧板",合之则成一幅总图,分之即为列国分图。此在地图发展史上,诚然是一杰出创造。

用朱墨区别古今郡县

      唐代统治者重视地图之制绘,并规定全国州府每三年一造地图(见《唐六典》)。德宗时(公元八世纪末),宰相贾耽留心于此,《旧唐书·贾耽传》称:"耽好地理学,凡四夷之使,及使四夷还者,必与之从容讯其山川土地之终始。是以九州之夷险,百蛮之土俗,区分指画,备究源流。"可知其平日留心采访,博问周知。终于绘成《陇右山南图》及《海内华夷图》,广三丈,纵三丈三尺,率以一寸折成百里。又用朱墨区分古今郡县,《旧唐书》所谓"古郡国题以墨,今州县题以朱",此即我国制绘地图分别朱墨之始。

吸取外来技艺改进测绘方法

自唐以后,若北宋沈括、元代朱思本,皆于制绘地图,在旧有基础上有所发明与发展。从明代意大利人利玛窦来中国,输入《万国舆图》以后,为我国地图学推广知识范围,改进测绘方法,于是使过去制图之面貌为之一变。当明代万历九年(公元一五八一年),利玛窦初抵澳门,搜读我国各种地理书籍,而融会以西洋新知识,作成《华译坤舆万国全图》,介绍于我国。后至北京,又献上其《万国图志》。由其在中国日久,所绘中国部分之图,实胜旧图。清初统治者于制图之术,精益求精。康熙十三年(公元一六七四年)刊印比利时人南怀仁之《坤舆全图》,影响尤大。南怀仁为统治者所信任,派赴内地各省及边远地区,从事实际测绘,终于康熙五十六年(公元一七一七年)绘成《皇舆全图》,自是我国地图学上之一大发展,迄今仍为我国地图之最重要依据。

地图乃方志中之重要内容

制绘地图之术，在我国古代发展甚速，至隋唐即成为地方志书之组成部分。《隋书·经籍志·史部地理类叙》有云："隋大业中（公元六〇五年—六一七年），普诏天下诸郡，条其风俗物产地图，上于尚书。故隋代有《诸郡物产土俗记》一百三十一卷，《区宇图志》一百二十九卷，《诸州图经集》一百卷。"此乃我国古代由官方组织人力编纂方志图经之始。就《隋志》著录之书而论，如《周地图记》《冀州图经》《齐州图经》《幽州图经》之类，悉以图字标目，知皆以地图为重也。后来如唐代李吉甫所修《元和郡县图志》，各写其图于篇首。传至南宋，其图遂亡。后乃删去图字，直改书名为《元和郡县志》矣。良由昔之传钞其书者，作图烦难，写字简易，故后之为方志者，多略去地图，而但存文字耳。

制图之术可以推及其他

制图之术，自造地图外，施之其他，途径复广。此乃一种专门之业，古之治经读史者皆必用之。特后之学者多忽略而不讲耳。清初学者张履祥《杨园全集·初学备忘上》有云："图学今全废，是以名物制度，一概茫然。古人左图右书，书只是发明图义。非图，义安从明？且如《易》《书》，若不看图，卦、爻、象之辞，如何得明？今人徒学空言，所以无事于图。若要实做，便知少不得。"此论至精，足以矫明末清初学者偏废之失。后来乾嘉朴学勃兴，说经之家，咸知重视作图，实张氏之言有以启导之也。

唐以前人重视作图

《汉书·艺文志》除兵书外，著录之图不多。历魏晋南北朝以至隋唐，而后图之种类日繁，制作益盛。兹据《隋书·经籍志》著录之图，分为八大类而综举之如下：

一、礼制　经部礼类有《周官礼图》《丧服图》《五服图》《周室王城明堂宗庙图》。

二、名物　经部论语类有《尔雅图》，史部谱系类有《钱图》，子部小说类有《鲁史欹器图》《器准图》。

三、文字　经部小学类有《文字图》《古今字图杂录》。

四、仪注　史部仪注类有《晋卤簿图》《陈卤簿图》《诸卫左右厢旗图样》。

五、人物　史部杂传类有《陈留先贤像赞》《会稽先贤像赞》《东阳朝堂像赞》。

六、地理　史部地理类有《黄图》《洛阳图》《山海经图赞》《江图》《水饰图》《周地图记》《冀州图经》《齐州图经》《幽州图经》。

七、天文　子部天文类有《周髀图》《浑天图》《玄图》《天文横图》《天文集占图》《天文十二次图》《杂星图》《星图》《月行黄道图》《日月薄蚀图》《二十八宿分野图》。

八、医药　子部医方类有《明堂孔穴图》《本草图》《黄帝明堂偃人图》《针灸图经》《十二人图》《黄帝十二经脉明堂五藏人图》《治马经图》《马经孔穴图》《引气图》《道引图》。

由此可见，唐以前人已将不易理解之事物，皆实绘其形状，制为图象，俾学者得明其真相，裨益后世不小。郑樵在《通志图谱略》中所列举之十六种学，亦无以超越此八大类。自宋以降，至于清代，学者穷经考礼，辨物明制，莫不补作专门之图，亦犹循前人矩矱耳。

图与表相互为用

与图并重而相互为用者,莫如表。故郑樵合二者而为《图谱略》,谱即表也。古人于纷杂事物不易以文字厘析者,则用列表之法持简驭繁。今可见者,以《史记》之《十表》为最早。而桓谭《新论》乃谓"太史公《三代世表》,旁行斜上,并效《周谱》"。则表之兴起,亦已远矣。后汉经学家郑玄治《诗》,作《诗谱》以总列诸侯世系及诗篇次第。《诗谱序》云:"欲知源流清浊之所处,则循其上下而省之;欲知风化芳臭气泽之所及,则傍行而观之;此诗之大纲也。举一纲而万目张,解一卷而众篇明,于力则鲜,于思则寡。"此已揭示表之功用在能纲举目张,可持简驭繁耳。清儒凌廷堪尝曰:"古者有左图右史之设,则以文字所不能明,乃为图以明之,所以辅典册之不逮也。天象非图不明,舆地非图不明,宫室非图不明,器服非图不明,揖让登降,非图不明,年经月纬、旁行斜上,非图不明。《史记》十表,图之属也。故郑渔仲于《艺文》之外,另为《图谱》一略,诚通儒也。"(见《校礼堂文集·答牛次原孝廉书》)徐灏亦曰:"古人左图右史,凡史所难名状者,绘之图;而图有不能尽者,列之表。图者,所以助拟议之不及也;表者,所以治错综之杂出也。是故探赜索隐莫如图,持简驭繁莫如表。图以佐史,而表以辅图。马班作史,并重《世表》;陈范以下,即不能为之矣。"(见《通介堂文集·重修名法指掌图序》)此皆言图之与表,固相辅而行也。

表之用于治经

经学家既好以列表之法说明经传中纷杂事物，逐类推广，述造遂多。即就《隋志》所著录者而论，经部礼类有《丧服谱》，春秋类有《春秋左氏诸大夫世谱》，小学类有《文字谱》《音谱》，足以说明唐以前学者，已为后世治经者开辟一新途径。清儒于文字、声韵、训诂之学，诣精造微，恒好列表以统理之。如戴震之《声类表》，王念孙之《雅诂表》，段玉裁之《六书音均表》，江沅之《说文音均表》，张成孙之《谐声谱》，陈澧之《说文声表》，皆其卓著者。悉循用前人成法而为之者也。

表之用于治史

表之用于治史,其途更广。清儒于此,所造益多。如万斯同之《历代史表》,齐召南之《历代帝王年表》,殷承基之《历代统纪表》,沈炳震之《廿一史四谱》,陈芳绩之《历代地理沿革表》,皆为用甚宏。扩而充之,无论国史、方志、家谱以及一人之年谱,皆有表为之纲领。而尤以应用于一族一姓之家谱,为最普遍。此在五世纪即已盛行。《隋志》史部谱系类著录谱牒至数十家之多,足以证实六朝重视门阀之情况。从六朝以下一千余年,家族修谱之风尚,与封建社会相终始。列表之法,乃深入民间矣。

写作贵在创新

写书作文，贵有新意，不可陈陈相因。清代方东树《书林扬觯》有云："凡著书及为文，古人已言之，则我不可再说；人人能言之，则我不屑雷同。必发一种精意，为前人所未发，时人所未解；必撰一番新辞，为前人所未道，时人所不能。故曰：'惟古于辞必己出。'而又实从古人之文神明变化而出，不同杜撰。故曰：'领略古法生新奇。'若人云亦云，何赖于我？"此论极其透辟，可以发人深省。

写作贵有根柢

方氏《书林扬觯》又言："文章与著书相等而不同。文士以修辞为美，著书以立意为宗。"复谓："今之著书家，有不读三史五经，不能属文，而自命为著书者矣；大抵多以《说文》小学为逋逃渊薮也。"方氏斯言，切中道光以下治朴学者之通病。若葛其仁之为《小尔雅疏证》，舛漏百出，乃至未引许书以证说字义。良以彼所依据，悉本《经籍籑诂》；《籑诂》录《说文》入补遗，故其仁不及检之耳。疏略至此，亦何以雅诂之学为哉？当时学无根柢之人，仰慕乾嘉诸儒而步趋之，以考证文其不学，所谓以小学为逋逃薮也。

写作必以勤读为基础

吾观清代诸儒，多能为考证之学，而不能为考证之文。绩学而能文者，特十数大家耳。古人云："言之无文，行而不远。"文之于学，所系大矣。明代谢肇淛《五杂俎》云："博学而不能运笔，天限之也；高才而苦无学术，人弃之也。"吾则以为人之能文与否，固与天赋有关；然亦可济之以人力，要在勤读多读而已。清初学者万斯同尝云："必尽读天下之书，尽通古今之事，然后可以放笔为文"（见《石园文集·与钱汉臣书》）。此乃就其高者论之耳，固非人人所能几。然有志写作者，自不可以不勉也。至于高才而苦无学术，信由怠惰不自振奋使然。必黾勉于读书积理，而后可以自立根基。

文士与学人之辨

古今文士多矣。类皆自负其才，不肯为朴实无华之学。浅尝浮慕，终归无成。故文士与学人判为二途，能分而不能合。文士而能以著述传世者，未之多见也。尽著述之业，谈何容易。必须刊落声华，沉潜书卷，先之以十年廿载伏案之功，再益以旁推广揽披检之学，反诸己而有得，然后敢着纸笔。艰难寂寞，非文士所能堪。不能以愚自处，孜孜汲汲以底于成，不足怪也。即以清末而论，非特李慈铭为文士，即王闿运亦文士之雄。虽其述造甚广，而精辟者不多。近世文苑儒林，惟交推其词翰之美耳。

为文力戒剽贼

文人无自得之学者,大抵寄人篱下,莫由自立,甚至行剽贼以自欺欺人。明末钱谦益尝曰:"近代之伪为古文者,其病有三:曰傀,曰剽,曰奴。窭人子赁居廊庑,主人翁之广厦华屋,皆若其所有。问其所托处,求一茅盖头曾不可得,故曰傀也。椎埋之党,铢两之奸,夜动而昼伏,忘衣食之源而昧生理。韩子谓降而不能者类是,故曰剽也。佣其耳目,囚其心志,呻呼嚄呓,一不自主,仰他人之鼻息而承其余气,纵其有成,亦千古之隶人而已矣,故曰奴也。"(见《初学集·郑孔肩文集序》)其后方东树《书林扬觯》复云:"剽贼以为文,且不足以传后。而况剽贼以著书耶?然而有识者,恒病书之多也。岂不由此也哉!"后世书日益繁富,而读之者寡,率由作者学非自得,人所厌观,书多转成学者之累矣。

不可窃人之书以为己作

上世著书者，恐己名不彰，不足以传其书，乃窃古人之名以取重。是己有所作，嫁名于人也。周秦故书之托古，大抵然矣。后世则反是，己不能有所作，乃直窃人之书，标以己名，据为己作。以清代书林论之，亦数见不鲜也。李慈铭尝论之曰："近代窃人之书，效郭象故智者，傅泽之《行水金鉴》，出于归安郑元庆，见《全谢山集·郑芷畦墓志》。赵翼之《廿二史札记》，出于常州一老儒，武进阳湖人多能言其姓字。王履太之《畿辅安澜志》，出于戴东原，见《段茂堂集》。任子田大椿之《字林考逸》，出于丁小雅，忘出何书。毕秋帆之《释名疏证》，出于江艮庭。梁章巨之《文选旁证》，出于陈恭甫。"（见《桃花圣解庵日记辛集》）李氏性好讥弹，不必言皆可信。要之窃书之事，历代皆有，斯亦人心风俗漓薄之征也。

纂辑之书日多而愈芜杂

唐以下之书出之纂辑者为多。钱谦益尝言："古今类纂之书，通有二门：一曰词章家，唐欧阳氏、虞氏、白氏之书是也；一曰典制家，唐杜氏、宋郑氏、马氏之书是也。"（见《有学集·琅嬛类纂叙》）此种书虽由类纂而成，顾犹自具体例，撰为专编，可供参考。降及后世，乃展转稗贩，失其本原者，所在皆是。顾炎武偶论及此，则曰："尝谓今人纂辑之书，正如今人之铸钱。古人采铜于山，今人则买旧钱，名之曰废铜，以充铸而已。所铸之钱，既已粗恶，而又将古人传世之宝，舂锉碎散，不存于后，岂不两失之乎。"（见《亭林文集·与人书十》）此一譬喻最妙，足以箴砭末流之病。是以纂辑之书虽广，愈后出者，愈不足观矣。

写作虽丰传者甚罕

　　世之好弄笔墨之士，读欧阳修《送徐无党南归序》，鲜有不爽然自失者。其后马端临撰《文献通考经籍考序》亦云："汉隋唐宋之史，俱有《艺文志》。然《汉志》所载之书，以《隋志》考之，十已亡其六七；以《宋志》考之，隋唐亦复如是。岂亦秦为之厄哉！昌黎公所谓为之也易，则其传之也不远。岂不信然！"可知古今不学之士，轻于写作而成书甚易者，恒不能传久远，实亦事之必然者也。故顾炎武《日知录》，揭橥"文须有益于天下""文不贵多"诸目，而详言以教后世，其意深矣。至其论及"著书之难"则有曰："其必古人之所未及，就后世之所不可无，而后为之，庶乎其传也欤！"斯诚通达之言，足以警世厉俗也。

假手于人成书益滥

古之贵而在上者，己实无学，不能下笔。而好延宾养士，为之编书，欲藉此以立名于后世。自吕不韦、刘安倡之于前，而斯风乃盛行于历代。上自帝王，下逮达官显宦，皆莫不从事于此矣。溯自迁固以来，修国史者，或出一人之手，或成一家之学。若陈寿、范晔、沈约、萧子显、魏收、欧阳修之所为书，出于一手者也。司马谈子迁，班彪子固女昭，姚察子思廉，李德林子百药，李太师子延寿，此继志述事，成其家学者也。自隋文帝禁私撰国史；唐太宗诏廷臣重修《晋书》，题曰御撰；自是国史遂成官书。帝王不自居名者，则多委之宰相，俾任监修。刘知几尝于《史通·辨职篇》力诋之曰："凡居斯职者，必恩幸贵臣、凡庸贱品。饱食安步，坐啸画诺，若斯而已矣。"又于《忤时篇·与萧至忠书》中力斥设馆修史之有五不可。而听者藐藐，莫之能从也。自此以下，历代相沿。以弯弓引满之托克托，竟居监修之职而主编宋、辽、金三史矣。明初修《元史》，前后仅十三月而二百十卷之书告成矣。故全史中此数史最为芜杂，非偶然也。在封建社会，实行剥削制度。举凡物质生产，无不出于大众，而悉归有权力者所得，此剥削之最显明者。推之修史，何莫不然。达官贵臣，不能动笔，乃尸监修之名以贪其功，其为剥削劳动，固不亚于出地租、供赋税也。不谓今之名家编书亦复效之，草创属稿，皆分委多人为之，己独居主编之名以观其成耳。胺人以自肥，此与封建剥削何异。余深耻之，生平所不屑为也。

从事写作力求不假手于人

余平生有所述造，未尝假手于人。自构思草创以至誊成清稿，皆出自己力，从不假手于人。或谓誊稿可分付及门为之。余则以为彼辈当少壮之年，正努力读书之时。何可责以钞写之役夺其日力耶！亦所以爱护之耳。故一生所写数十种书，量力而行，不能则止。晚年目力衰退，犹汲汲作蝇头小楷，不以为劳也。从不标立名目，鸠合多士以共编一书，而自居主编之名。其或有人请余主编一书义不可却者，如校注《张居正集》之类，亦惟发凡起例以总其成。并在《序言》中说明年老事繁，无余力亲自动手，而委托多士，分工合作以底于成。且将伏案校注之人，一一举列姓名，俾不没其业绩。区区之心，不欲掠人之功以为己力耳（凡所主编，概不列为吾之著述）。

不轻为人序书亦不乞人序书

　　古之自序其书者，率主于叙家世，明行事。若《太史公自序》《汉书叙传》，靡不皆然。即为人序书，亦必致详于作者事迹。刘向校书秘阁，每书皆有叙录，其遗篇之存者，可覆按也。可知古之序书者，朴实无华，但以考见作者行事为主，以为知人论世之助耳。自汉魏以降，士尚华藻，人崇门第。偶有撰述，或以己名不足取重，乃乞序于人以传其书。晋左思作《三都赋》始成，人莫之知，以皇甫谧有高誉，造而示之，谧乃为其赋撰《序》。乞人作序，实始于斯。而立言有法，最为谨严。以视后世为人撰序，徒敷空言、竞献谀词以相标榜者，固未可同日语。隋唐以后，雕板术兴，文字传播之法日广，于是而成书者有序，刻书者有序，一书累三四序不休，徒令人生厌耳。余平生守顾氏《日知录》"一书不当两序"之说，每一书成，但自抒所以作此书之意，未尝乞序于人。亦不曾为人序书，所以避标榜之嫌耳。其或新进后生偶有写作，必欲得吾一言以弁其首者，率为简短题辞以归之。至于昔之耆儒，遗书待刊，其子孙丐余为序以发其幽光，则欣然命笔，为之序以传之，如李审言、罗叔言诸家之书是也，然亦未尝多作也。

笔墨纸砚对文化发展之关系

　　无论写字、绘画、作文章、著书立说以及从政办公，皆不可偶离笔、墨、纸、砚等工具，昔人称之为"文房四宝"。此等用品之制造，皆工艺史上之重要手工作业。而名砚名墨，尤为艺术珍品，文人学士争宝藏之，要不可不知其高下良窳也。我国笔墨纸砚，起源甚早，历代皆有改进。至公元七世纪迄九世纪末，发展更大，因而促进唐五代书法绘画二大重要艺术之兴盛。宋元明清书画艺术水平，即在此高水平基础上发展而来。昔人云："工欲善其事，必先利其器"，信然。

毛笔之创始

我国创造毛笔，历史悠远。从地下发掘出新石器时代彩陶上花纹来看，已见到用笔之锋，可能是由毛笔描绘而成。商代卜骨，有朱书残留或墨书未经契刻之文字，笔画圆润爽利，当为毛笔所书。《说文》："聿，所以书也。"聿即笔之初文。甲骨文中聿字作⋀作聿，直象以手执笔之形。可知笔之为用，由来早矣。但至今发现最早之毛笔实物，仅为战国时代之遗存。往年湖南长沙左家公山、河南信阳长台关战国楚墓中，各出土一支竹杆毛笔，是为毛笔遗存之最古者。

笔之形制与作用

旧说蒙恬开始造笔，证以地下出土实物，其说不攻自破。如蒙恬果与造笔之事有关，亦特改进推广之功耳。一九七五年，湖北云梦睡虎地一座秦始皇三十年（公元前二一七年）时安葬之墓中，出土三支毛笔。其制造技术与外观，已与战国时毛笔有所不同，显然已改进提高矣。在春秋时，列国均置史官。遇有大事，辄以笔书之。如晋之董狐书曰："赵盾弑其君"（见宣公二年《左传》）；齐之太史书曰："崔杼弑其君"（见襄公二十五年《左传》）。其所用之笔，随身携带，插于发际，即汉代之"簪白笔"也。根据湖北云梦出土之秦笔，上端削尖而杆甚长，可知秦代亦已行"簪白笔"之法。汉代官吏为奏事之便，常簪戴毛笔以备用。故自汉以上，笔杆皆长；晋以后此制不行，故笔杆变短耳。

笔之硬软及装饰

自唐以上,多用硬笔。唐时制笔者,以安徽宣城制笔世家诸葛氏所制宣笔为最有名。宣笔有所谓"鼠须笔""鸡距笔",笔毫坚挺,作字刚劲有力。五代以后,始有用羊毫为笔者,笔锋柔韧。当时笔工,采用嘉兴路山羊毛制笔,世称湖笔。自元明清以来,湖州遂取代宣城而成为制笔中心矣。明代屠隆,在《考盘余事》中指出:"制笔之法,以尖、齐、圆、健为四德。"于是笔工所从事者,专究心于此四字耳。制笔者亦好装饰以求美观,喜用象牙、犀角、玉石、琉璃、紫檀、花梨等素材作笔杆,以表明其贵重。虽与书写优劣无关,亦足以见其工艺之精。常用笔杆,以竹管者为多。其上刻有字与画者,亦甚清雅。字画或出名手,尤可贵也。

远古以黑土作书

墨之起源甚早，最初盖取黑色土为之。土以黄为正色，亦有赤黑诸色。土之赤者，今称红土。乡僻间儿童作书，今犹多采用红土，以其易得而不费耳。初民以黑土作书，亦犹是已。《说文》土部："墨，书墨也。从土，从黑。"此本义也。河南安阳殷墟所发现之商代陶片、兽骨上用墨书写之文字，必为黑土无疑。证以一九五四年湖南长沙杨家湾战国墓中出土一批墨写文字之竹简，同时发现一竹筐内盛有黑色泥块，此即当时书写竹简之墨也。但从战国帛书帛画之墨色进行分析，则当时于利用天然黑土之外，已有加工制作之墨矣。

烟墨之制造

目前发现之最早烟墨,以出土于湖北云梦睡虎地秦墓及江陵凤凰山西汉墓者为最早。但其时尚未模制成墨形,而仅能作成小圆块;不能直接用手研之于砚,必须赖研石磨之。故出土之秦及西汉砚,皆附有研石也。东汉已有较大之制墨作坊,并设专官管理其事。蔡质《汉官仪》云:"尚书令、仆、丞、郎,月给隃糜墨。大墨一枚,小墨二枚。"隃糜为汉县名,在今陕西汧阳东。其地多松,宜于烧烟制墨,墨质亦佳。因之古人诗文中,亦有称墨为隃糜者。后世墨工,多取"古隃糜"三字名其所制之墨,以示历史悠久、墨质精良耳。

宋以前制墨工艺之发展

魏晋南北朝制墨之术益进。三国时韦诞,以善制墨名。人皆称其"一点如漆",为时所重。北魏贾思勰《齐民要术》中,尚存韦氏合墨之法。大抵致详于用纯烟及精筛、和胶、熟捣诸术,为后来制墨者所效法。唐代著名制墨家奚超及其子廷珪,进而精益求精,制出"丰肌腻理、光泽如漆"之佳墨,为南唐李后主所赏重。特赐姓李氏以宠异之,由是李墨名天下,至有"黄金易得,李墨难求"之谣。至宋,其产地安徽歙州,改名徽州。自此徽墨盛行于世,至今不衰。

松烟、油烟及其成品之纹饰

古代以松烟制墨,至宋乃有用油烟制墨之法。沈括《梦溪笔谈》已言及用石油烟制墨,"黑光如漆,松墨不及"。自明代始用油烟墨,为书家所推重。虽《天工开物》尝言其时油烟墨但占十分之一,松烟墨居十分之九。而书家多喜用油烟墨,成为风尚。及其制成精品,恒加入珍贵药材及香料,故磨研之际,香气扑鼻也。善制墨者,特重视墨之形式及纹饰。明代著名墨工程君房及方于鲁,更以《墨谱》《墨苑》刊印行世,以广传其工艺。凡所制墨,多倩著名书画家与刻手雕镂书画与花纹,以为装饰,有绝佳者。于是墨由实用之物,成为文人学士雅玩之具矣。

清代徽墨之勃兴

昔人有墨癖者，虽不善书法，而喜多蓄墨以供品玩。由于爱之重之，至有磨成墨汁而小啜饮之者。有力之家，恒好鸠工自制精鉴墨及家藏墨以自娱。清代造墨中心，多在休宁、婺源、歙县三邑，皆属徽州府。休宁墨最为华丽精致，多饰以金银彩色。将墨造成琴、砚、镇纸、臂阁、竹简、汉尺等形状，饰以青绿，绚丽多彩，已成为精美之工艺品。婺源墨则朴实少文，便于日用。歙县以监造贡墨出名，亦间制常用之品。在咸丰、同治之前，胡开文墨尚未盛行时，此三县墨充斥天下。

清代善于制墨之人

　　清代善于制墨之人，以康熙年间曹素功为最有名。曹亦歙人，字圣臣，岁贡生。所制之品，有十八种，然皆适于实用，故士大夫甚重之，而尤以紫玉光墨驰名海内。其后嗣曹饮泉、曹定远等，亦精此道，世传其业。继曹氏而起者，有汪希古、胡开文。胡所造墨，与曹相上下，俱为贡品。其后嗣胡子卿、胡秀文皆绍承之。此外尚有婺源詹氏，亦累世以制墨名。明代有詹华山、詹文生，清代有詹鸣岐、詹文魁、詹成圭、詹方寰诸家，至今仍有传世之品。然昔人藏墨，多不及诸詹所造，而颇轻视之，盖以其视曹胡制品为稍逊耳。

佳墨日多之故

清代制墨良工之多，墨品之盛，工艺之精，俱胜前代。亦由上好下甚，有以致之也。如康熙、乾隆诸帝，崇文好古，雅善书法，挥毫之顷，矜尚佳墨。故御墨之制造，质量至为高妙。墨成之后，辄有题字。如康熙之"亿万斯年""端凝鉴赏""乌玉玦""太平雨露"，雍正之"天府墨林""文园秘宝"，乾隆之"三希堂""乐寿堂藏墨"，俱为一时精品。当日宫廷但以规制示下，而制造悉由工匠。迨佳墨造成，工匠悉本其法广制以要利。故名墨日出，此亦必然之势也。吾观清世书家真迹，墨黑如漆，历久有光，盖由有佳墨以善其事耳。旧藏桂馥隶书大联云："如美玉良金，无施不可；非精笔佳墨，未尝辄书。"亦可以觇书家之好尚矣。

明代名墨

余平生有墨癖，每遇名墨，辄欲购得之。时愈早而愈昂，力不能致也。尝节衣缩食，得程君房所造墨凡三：二为饼形，一为方形。二饼一精一粗，精者正面有丁南羽所绘百爵图，以金色为底，而浮雕竹、树、水池、百鸟，或飞或止，或游或潜，其形态各异，而生意盎然，精致无以复加。背面有《题丁南羽百爵图》七言长诗，书亦浮雕，楷法工妙，末有篆书"程幼博"三字长印。墨之侧缘有"天启元年程君房制"八字，信可宝也。其稍粗之饼，形制略小于精者。正面琢一巨龙，环抱"国宝"二字。背面有九鼎图，分置于九州山川之中，皆浮雕。侧缘亦题"天启元年程君房制"。其方形者，则更粗矣，为万历四年所制。可知程氏当日造墨，有精有粗。精者盖以贡之帝王显贵，粗者则以供应市廛购取。所施不同，未可一概论也。

清代名墨

　　余于曹素功所制墨,亦得数枚。首为大方长形墨,正面有篆书"宝露台"三字,下有题辞五十八字,书法精妙。背面琢成宝露台形,俱浮雕也。墨侧有"康熙戊辰年古歙曹圣臣素功氏珍藏"十五字,盖其制作中之精品也。其次如"苍龙珠",为康熙乙卯年制。又有竹简形者,题曰"文苑珍赏";有笛形者,题曰"吟鸾";有尺形者,"建初铜尺五寸";皆不可多见之物也。下至胡、詹诸家所造,尤为繁夥。其他学者文人,自制佳墨,如同治九年"绩溪胡甘伯会稽赵撝叔校经之墨",余亦略有蓄聚,以专匣藏之。读书著书之暇,明窗净几,常出以自赏,亦足以怡情悦目。又常取其次品自用,漆黑发光,不同于近世坊间之墨远矣。

竹帛与篇卷

远古记载文字，初用竹木，后乃益之以缣帛，二者并行最早且久。《墨子》中已将"镂之金石"与"书之竹帛"相提并论。竹谓竹简，帛谓缣帛也。而"子张书诸绅"，见于《论语》；"鲁连乃为书约之矢以射城中"，载于《史记》；可知以帛作书，远在周末已大盛行。远古帛书实物，八十余年前曾发现于新疆楼兰遗址；一九五一年又曾出土于长沙楚墓。一九七三年十二月在长沙马王堆三号汉墓中出土之帛书，尤为繁富。上自周末，下迄汉初，所写古籍，至有十余种，可谓集帛书之大成。在普遍用竹写书之时，概以篇计，故其字从竹；至兼行缣帛，乃称为卷，谓其可舒卷耳。《汉书·艺文志》著录群书，或称篇，或称卷，知其时仍竹与帛并行也。

纸与帋

用以写书之帛，古人亦称为纸。《释名·释书契》云："纸，砥也，谓平滑如砥石也。"亦实指缣帛言。《汉书》中每以简纸连言，亦即竹帛之代名。与今日之纸，非一物也。《太平御览》六百五引王隐《晋书》云："魏太和六年，博士河间张揖上《古今字诂》，其巾部云：'纸，今帋也，其字从巾。古以缣帛，依书长短，随事裁绢，枚数重沓，即名幡纸。字从糸，此形声也。后和帝元兴中，中常侍蔡伦以故布捣剉作纸，故字从巾。是其声虽同，糸巾为殊，不得以古之纸为今纸。'"据此，可知汉人称纸，皆指帛言；迨有布而成之纸，始别造帋字区分之。今俗书纸字或作帋，本未有误；而食古不化者，率诋为俗体讹字，失之矣。

造纸始于漂絮之人

今世通用之纸,盖始创于漂絮之工人。常漂絮则水中多积微细纤维物,以竹帘荐之,则成鲜白而薄之纸矣。《汉书·赵皇后传》云:"箧中有赫蹄书。"应劭《注》:"薄小纸也。"即谓此耳。可知在西汉时,已有如今常用之纸矣。大抵物之有纤维质者,皆可捣之以为纸。《后汉书·蔡伦传》,称其"用树肤麻头及敝布鱼网为纸",亦斯理也。蔡伦在当时,特多致素材,化无用为有用,使造纸之术,得以推广耳。世称蔡伦造纸,与蒙恬造笔之说,同其诬罔,不足保信。然自后汉以下,纸之产量益多,记载文字之工具始广。盖自晋代以来,写书始一律用纸。竹简殆已绝迹,缣帛致用渐稀矣。

造纸之原料

旧时手工造纸，随地取材。蜀人以麻，闽人以嫩竹，北人以桑皮，剡溪以藤，海人以苔，浙人以麦稻秆，吴人以茧，楚人以楮，皆取其物之有纤维者而用之。惟竹之纤维最长，最宜于造纸。竹纸出产，昔以浙江、江西为最著。而湖南之邵阳、浏阳，亦盛产竹纸。民间日用，亦以竹纸为最广。盖至宋代，我国始盛行竹纸。此苏东坡所谓"以竹制纸，古时所未有"也。以树皮所造之纸，最著者为宣纸，以其产地乃安徽宣城也。纸质细韧，又能发墨，为书画家所不可少。宣纸原料除稻秆外，最不可缺者为檀皮。成品种类甚多，其中如玉版、煮硾，最适于用。大抵我国造纸工艺，以南方为最精。产地旧以江西、浙江、福建、四川、安徽、湖南、广东等省为盛。故北方都市售纸之处，名为南纸店，盖由于此。

纸质之优劣

　　纸易腐敝碎裂，难于保存久长，故后世不易见到远古之纸。昔人所称"纸寿千年"，实不尽然也。至晋代纸既盛行，书家辈出，益讲求造纸之术。自六朝以迄隋唐，名品日繁，而唐尤盛。即以唐以后言之，有如南唐李后主所制澄心堂纸，细薄光润，最宜书写。有宋一代，亦极重之。求之不易得，至以百金易一番。宋时犹仿制之，不能及其佳妙。如此名纸，易代之后，即不多见。清乾隆时，又仿制之。以此见名纸之不易保留于后，徒增后人之惋惜耳。古人造纸，有绝长大者，近代奭良《野棠轩杂记》云："古人有一纸长四十丈者，事见于宋明人说部，乾隆中尚有数丈者。"如此巨制，今亦不可见矣。余尝询之造纸老工人，谓水中收帘时接续不断，连合为一，可以制长纸，非有他术也。顾纸幅过长，则不适于用，故为之者稀耳。

远古之砚

　　砚之为物,起源甚早。远在新石器时代,初民即在陶器上绘出不同色彩之花纹,可知当时已有研磨颜料之工具。而西安半坡原始社会遗址出土之石研磨器,尚留有研磨颜料之遗痕,此殆即我国最原始之砚也。根据近数十年间在湖南、湖北、河南战国墓中出土之毛笔、墨及墨书、帛画、竹简来看,当时已应有砚。今日所知最早古砚,乃湖北云梦睡虎地秦墓出土之石砚。砚及研墨石,皆就鹅卵石加工而成。其上尚留有使用遗痕与墨迹。远古之砚,不过如此耳。

汉砚之遗存

近年在各地汉墓中出土之汉砚，为数不少。说明汉代砚之使用，已甚普遍。汉砚以石、陶制品为多，大都附有研石。石砚中有三足者，附盖，刻有花纹；陶砚中有圆形者，有山形者，有龟形者，而龟形砚之造型，尤为生动。东汉时复有兽形鎏金之铜盒砚，曾发现于安徽肥东、江苏徐州之东汉墓葬中，除砚面部分为石片镶成外，兽身通体鎏金，即为砚盖，镶嵌各种宝石，红珊瑚等。制作精美，乃汉砚中之珍品，颇似后世之铜墨盒。旧说铜制墨盒，仿于清代，而不知远在千八百年前，即已有其形制矣。

魏晋迄唐之各种砚材

魏晋南北朝时，已有瓷砚。用青瓷制，多为圆形。砚面无釉，以利研磨。同时又有石雕砚。河南洛阳晋墓出土之石砚，圆形，雕有龙头、卧虎诸形。一九七〇年山西大同市郊北魏建筑遗址出土之石方砚，雕有各种图案，极其精工。至于隋唐，砚材之种类及形制，皆较前代为多。当时除陶、石砚外，瓷砚更为盛行。又开始烧制三彩砚、澄泥砚。而端溪（广东高要）、歙溪（安徽婺源）石材，已用来制砚。端溪石制成之端砚，较为名贵，为书家所珍重。唐诗人李贺、刘禹锡，皆有咏端砚诗，可以想见当时风尚。

自宋以来之制砚工艺

宋代普遍使用石砚。砚石多就地取材，形制亦复多种。北宋米芾撰《砚史》，为我国研究制砚之最早专书，自此而制砚工艺益为人所重矣。明代除以端、歙石砚为主外，澄泥、瓷砚，仍不断烧制。清代制砚工艺，更进精善。无论砚材种类、雕刻技艺、砚盒装饰等方面，均已超越前代。加以金石书画名家，好自制砚。如乾隆中金农、高凤翰之流，尤喜治砚、蓄砚，私家所藏，辄以百计。由是文人学士，莫不留意及此。本为适用之物，一变而为徒供清赏之雅玩矣。凡经古代学者文人收藏之砚，后世即成为名砚。价值特高，又不第以石材定优劣也。

历代名砚

古之名砚，传于今者不多。除国内收藏家聚蓄外，日本人亦争购取之。偶检一九二五年九月十六日《申报》，有一段记载："中日收藏家，合办古砚展览会。各砚均为中国出品，自汉晋以至宋元明清，各代均有。如汉未央宫瓦砚，晋永康砖砚，六朝青瓷双履砚，宋双龙砚，均极名贵。各砚产地，以皖之歙州，桂之端州，陕之洮州，最为著名。"此六十五年前事也。近数十年来，此等古砚，藏之公家者为多，聚之私门者已少。各省大博物馆中，犹有存者，可供赏览也。

砚　癖

　　余平生亦好蓄砚。往来南北,留意搜求。然遇稀见名砚,索值奇昂,力不能举,辄弃之不顾。

　　计数十年间,在京沪宁杭所得,大小约十余方。端、歙、澄泥及瓷、漆皆备。而尤择其底盖精美者取之,乌木、红木、紫檀、花梨俱全。既供观赏,又能适用。昔人尝谓"砚有三灾:字法不奇,砚一灾;文词不赡,砚二灾;窗几狼藉,砚三灾"(见《紫桃轩杂缀》)。则蓄砚者可为悚惕也。余一生广致可用之砚以著书立说,而又好整顿几案,不令俗物杂陈其间,亦庶几可免于斯累。

谈武术第四

　　武术包括甚广，由健身强体之法，发展而为杂技、百戏，乃成为高度之艺术。余平生最喜观赏体育活动及杂技表演，有时惊心动魄，叹为绝艺。而尤服其为真功夫、硬功夫，与夫魔术、杂耍，固自不同也。故余议及艺事，必涉及此，而略论其得失焉。

健身之术原于效法其他动物

人生健身强体之术甚多，而最初锻炼之方式方法，多效法其他动物之所为。如所谓"熊经""鸟伸""猿攀""鸱顾"，皆吾先民总结出之有效经验。汉末名医华佗，提出所谓"五禽之戏"，以模仿虎、鹿、熊、猿、鸟之动作进行锻炼，以增强体质，防治疾病，用意至为深远。在华佗倡导"五禽之戏"以前，我国早有"导引"之术。《庄子·刻意篇》已云："吹呴呼吸，吐故纳新，熊经鸟申，为寿而已矣。此道（导）引之士，养形之人，彭祖寿考者之所好也。"可知至迟在春秋战国时期，我国已盛行道引之术矣。湖南长沙马王堆汉墓出土之西汉帛画《导引图》，画有四十余男女各种运动姿势，此乃今日所见导引最早之形象。华佗所提倡之五禽戏，仅其中内容之一部分耳。隋唐以后出现之"八段锦""十二段锦""易筋经""太极拳"等健身运动，皆由导引之术演变而成者也。

强身健体系乎运动

先民保健之法,先在注重周身之活动。一部《周易》,《乾》卦居首。《象辞》即云:"天行健,君子以自强不息。"王弼注云:"行者,运动之称;健者,强壮之名。万物壮健,皆有衰怠。惟天运动,未曾休息。"此乃教人必须学习自然界运动不息之精神,锻炼自己。我国一切提倡运动之理论,皆自此出也。《吕氏春秋·尽数篇》云:"流水不腐,户枢不蝼,动也。形气亦然。形不动,则精不流;精不流,则气郁。郁处头,则为肿为风;处耳,则为挶为聋;处目,则为䁾为盲;处鼻,则为鼽为窒;处腹,则为张为疛;处足,则为痿为蹶。"因此,极力反对常坐车而不行走运动者之所为。故《本生篇》又云:"出则以车,入则以辇,务以自佚,命之曰招蹶之机。"此是何等耐人省惕之言!

习射击剑皆可强身

　　古代男子初生，则悬弧于门外，以示此儿长大，必能操弧矢以习武事。及能就傅，入小学习六艺，射即为六艺之一，为初学必须讲求之事。《汉书·艺文志·诸子略》兵家著录《逢门射法》二篇，《阴通成射法》十一篇，《李将军射法》三篇，《魏氏射法》六篇，《强弩将军王围射法》五篇，《望远连弩射法》十五篇，《护军射师王贺射书》五篇，《蒲苴子射法》四篇。从知古人讲求射法，可以专门名家，写成专著，以传之世。其次击剑，亦为最重要之锻炼方式，为古人所重视。在汉代文献中常以读书、学剑二事对举，其明证也。

古代之集体运动

古代集体运动中,亦有踢球之戏。古人称为"蹴鞠",鞠即今之球字。《汉书·艺文志·诸子略》兵家有《蹴鞠》二十五篇。颜师古注云:"鞠,以韦为之,中实以物,蹴蹋戏乐也。"可知古代所用之球,虽亦为皮韦制成,然其时无输气之法,只得以柔软之物充塞其中。《汉书·霍去病传颜注》云:"实以毛",是也。《汉志》既著录其书有二十五篇之多,可以想见古人踢球之法、技术以及比赛时之规则,必甚详繁,惜其书不传于后,无由考见其概略矣。下逮唐宋,斯风益盛。唐代又有人骑马上用杖击球之术,亦称马球。此在东汉时已有之,至唐而最盛行。一九五六年,唐长安宫城北面禁苑遗址出土一方石碑,上刻含元殿及球场等建造年号。而章怀太子李贤(唐高宗子)墓道壁画,有打马球图,可以想见当时之风尚。其次如"拔河",亦集体运动之一也,复盛行于唐代。《封演闻见记》已详述其事,而《唐书·则天本纪》称其"幸玄武门,观宫女拔河"。从知此一活动,在当时已普及至妇女矣。

八段锦之功用

"八段锦"究出何人所创造？今不可知。晁公武《郡斋读书志》但云："《八段锦》一卷，不题撰人，吐故纳新之术也。"马端临在《文献通考·经籍考》中亦引此语。可知其书在宋代已盛行，而斯术亦以宋人习之最勤。如《夷坚志》中所载李似矩夜半起来所作内功之修练，在当时为人所重。但由于此一修练非常人所能耐久，故后来八段锦只成为锻炼体魄之运动方式，而所谓调气之功，能行者少矣。根据《天壤阁丛书》本《内功图说》所载八段锦之动作姿态：一、两手托天理三焦；二、左右开弓似射雕；三、调理脾胃须单举；四、五劳七伤往后瞧；五、摇头摆尾去心火；六、背后七颠百病消；七、攒拳怒目增气力；八、两手攀足固肾腰。此与"达摩十八手""易筋经十二势"大致相同。大抵古人练习八段锦，或用以调气，或用以练身。由于调气之功比较安定，后来遂有文八段锦之称；练身之功比较活跃，遂有武八段锦之称；而节段

复有多少之异。此乃后世所分，由简单而进于繁
多耳。

杂技之兴起

　　由于先民经常运动,使全身筋络灵活,四肢敏捷,遂发展而出现杂技,成为有高度艺术之表演。苟溯其源,所起甚早。《国语·晋语》已有"侏儒扶庐"之记载,扶庐即今之爬竿也。《庄子·徐无鬼篇》,已称"市南宜僚弄丸"之技。今之弄丸者,恒数丸在空中,一丸在手,即其遗法也。然则至迟在春秋战国时,我国已有可观之杂技。特其始多单人行之,尚未有大规模之集体表演耳。有之,则自汉代始。汉时称杂技为百戏,因其时杂技与歌舞同场表演,有乐器伴奏,故又称为"乐舞百戏"。汉代书籍中既有不少有关杂技之详细记载与生动描写,又有辽宁、内蒙古、山东、江苏、河南、四川等地出土之汉代画像石刻、画像砖、壁画等遗物,多以乐舞百戏为内容,足供吾人探索者为不少矣。

戏之本义为弄兵

考戏字本义,应是弄兵。兵,谓兵器也。今二徐本《说文》作"戏,一曰兵也",误夺弄字;《太平御览》卷四百六十六引《说文》作"戏,弄也",则又误夺兵字矣。古之弄兵,犹今日之比武,手持刀剑戈矛以相戏斗,故戏字从戈也。弄兵乃角力之事,故古人亦训戏为角力。《国语·晋语》:"闻牛谈有力,请与之戏。"韦《注》云:"戏,角力也。"是其义已。此字当以弄兵为本义,今本《说文》误夺弄字,而戏字所以从戈之故晦。余著《说文解字约注》时已订正之。

武艺多出于古代练兵遗法

今之武艺,多有出于古之训练士卒者,后乃传播至民间。《史记》曾载秦将王翦率师击楚,初但令士卒休息,不与敌交锋,乘暇隙练习投石、超距之技。用石投人,谓之投石。古代兵法,飞石重十二斤,有大力者可远掷三百步外,此与今日掷铅球、铁饼之法相同。跳跃高远,谓之超距,此与今日之跳高、跳远,复无以异。此等技艺,至汉代更为发展与提高。《汉书》中记载甘延寿能一跃超踰羽林亭楼,可知其跳高技能,在当时已十分惊人。非有长期之训练,莫克臻斯境也。

由角抵发展为百戏

　　两人相对角斗之演习，已早见之于远古。斗字当以徒手角力为本义，乃具体象形字。今之所谓摔角，是其事也。凡角力者，两人皆举其手作势以相对，故斗字从𦥑𠬪以象之。此一技艺，在秦代称为"角抵"，亦作"觳抵"。角乃较量，抵乃抵触。《史记》曾载秦二世在甘泉宫聚集艺人表演角抵俳优等戏。至汉武帝时，角抵戏得到发展，常配合多种技艺以丰富其内容，因称之为"百戏"。汉武帝为夸耀国家之广大富强，于元封三年（公元前一〇八年）之春，置酒大会外国来宾，并表演丰富多彩之杂技，使国内外观众为之惊叹。自此每年正月举行，不断增加新节目，从而奠定我国古代杂技艺术之基础。

西汉杂技之盛在能融合外来高艺

根据《汉书·西域传赞》之记载，当日汉武帝所举行之百戏，有所谓"巴俞都庐""海中砀极""漫衍鱼龙"，与角抵相联。可见其时殿庭中所表演之节目，极其丰富。依照《汉书》旧注之解释，"巴俞"是指由巴州、渝州传入之音乐舞蹈；"都庐"乃谓身体轻捷、可以缘木登竿之技艺；"砀极"为音乐之名；"漫衍鱼龙"为变化莫测之一种幻影；大半由外国传入。《汉书·张骞传》称："大宛犁靬眩人献于汉。"颜《注》云："眩，读与幻同。本从西域来。"可知我国古代杂技，本有来自外国或少数民族中者，从而融合而扩充之，故艺术得以日益提高。

东汉杂技之继续发展

东汉人写作中记载杂技最详之文,有张衡《西京赋》及李尤《平乐观赋》,对盛大规模、新奇节目之杂技表演,叙述甚备。参之以其他文献资料,可以考见当日杂技内容,已有倒立、弄丸、飞剑、舞轮、舞盘、戴竿、走索、耍坛、顶碗、吞刀、吐火、蹴鞠、马术、燕跃(翻身)、冲狭(人从圈子冲过)等节目。不独文献足征,而从各地出土之汉代画像石刻中,尤可见其实事实物之情状。其中传统技艺,亦有从民间游戏发展而成者。如顶碗、耍坛子、椅子造型等节目,乃劳动大众于休息时戏弄日常用具于顶掌之上。日深月久,习与性成。经过艺术加工,逐渐成为可以登场表演之戏技耳。在四川成都出土之汉代墓砖画像上,已有耍坛、叠案、倒立等多种图影矣。

隋唐杂技

历代帝王继汉武之后，举行空前规模之杂技表演者，以隋唐为盛。《隋书·音乐志》记载炀帝为炫耀威势，于大业二年（公元六〇六年）正月，举行一次盛会，将各地百戏，集中东都（洛阳），当时演出之情况，"千变万化，旷古莫俦"；"凡有奇伎，无不总萃"；"百戏之盛，振古无比"。自是每年以为常，其费财以亿万计。据文献记录，唐玄宗常在兴庆宫勤政楼举行宴会，楼下百戏杂陈，无所不有。值其生辰，则必表演马舞为之祝寿。驯马之术，自古所无。尝命伎工教舞马四百蹄，马身皆络以金银绣花衣装饰之。侈滥之甚，可以想见。马竟能随音乐之声，奋首鼓尾，纵横应节，一时惊为神奇。

宋代杂技

　　宋代杂技,遍及城乡,名目繁多。宫内有百戏教坊,村落有百戏艺人。叙述两宋都城汴京、临安生活风俗之书,如《东京梦华录》《都城纪胜》《繁胜录》《梦粱录》《武林旧事》诸编,于当时杂技内容以及服装、道具、著名演员、表演情况,均有记载。至于宫廷之内,复有演裸女戏以相取乐者。考《司马光集》中,有《请停裸体妇人相扑为戏札子》,指出嘉祐七年正月十八日上元节,皇帝御宣德门,召诸色艺人,令各进技艺,赐与银绢,内有妇人相扑,亦被赏赉之为非礼。《札子》中复有"今后妇人,不得于街市以此聚众为戏"一语,可知当日朝野,皆以此纳入百戏之列矣。

明清杂技及今日之成就

　　明代杂技，除有文献记录外，尚保存不少图卷、图册可供参考。如明人所绘《宪宗元宵行乐图》卷、《南都繁会图》卷，描写当时杂技表演，极其真实详尽。而明代小说《隋炀艳史》，更有杂技插图，所载惊险节目尤多。清代由于古典戏剧发展甚速，日进完善，乃视杂技为江湖游戏之事，不为官府所重。故演杂技者多集中于名都大邑一隅之地，如北京之天桥，南京之夫子庙，上海之大世界，即为此类卖艺糊口者荟萃之所。往观赏者多为平民，士大夫鲜有涉足其间者矣。近数十年来，国家重视杂技之表演艺术，选拔其中优秀演员，加以训练培养，组成中国杂技团，不断出国表演。受到列邦之尊重，被称为世界第一流杂技艺术，良由源远流长，要非一朝一夕之功所能奏效也。大抵杂技之引人入胜，全在姿态之新奇，动作之惊险，皆非勤学苦练不能成其绝艺。其所以能由粗糙技能，进而成为精细艺术，自难一蹴可几。非有数千年杂技演进之历史，固不足以臻此耳。

记我的父亲张舜徽

——写在《爱晚庐随笔》再版之际

2016年7月某日,我接到南开大学出版社总编辑刘运峰先生打来的电话:出版社有意将我父亲的《爱晚庐随笔》纳入计划出版的《新艺文类聚丛书》首批书目中。刘总编说他很喜欢这本书,一直放在案头床边,经常要翻翻,以前在课堂上也会向学生们推荐。这次想将其中的《学林脞录》《艺苑丛话》作为两种书单行出版,以方便读者于案头或随包携带于高铁、地铁中阅读。寥寥数语,一份书缘,让我感觉很亲切,也感受到刘总编对渐渐形成"阅读社会"风气的未来中国充满信心。

《爱晚庐随笔》曾于1991年在湖南教育出版社首次出版,面世后得到不少好评,这里摘录孙犁先生在他的《曲终集》(百花文艺出版社,1995)《理书续记·〈爱晚庐随笔〉》中的一段话以飨读者:

近人张舜徽著，湖南教育出版社 1991 年版。湖南出版局李冰封君赠，余为之书一条幅，以此为报也。此书印数七百五十，而仍有余书，可为赠品，可叹也。余放置案头，已有半年，时常翻阅，认为很有价值。书分《学林脞录》《艺苑丛话》两部分，均为笔记性质，内容广泛，经史文艺，无所不包，尤于近代史料为详。所记充实有据，为晚清以来，笔记所少有，而书之命运，竟不入时如此。非著作之过，乃社会、文化风气之过也。……真正有学术价值的书，竟卖不出去，这里面的道理，实在难以说清了。余孤陋，不知张氏学历、生平，询之在大学教书之姚大业君，得知为历史学家。从其自序中，知有著作多种，然姚君亦不能告知其详也。

其实这期间还总有爱书者包括亲戚朋友找我们"求书"，只可惜印数太少，求而不可得。

时隔 14 年的 2005 年，《爱晚庐随笔》被收入华中师大出版社出版的《张舜徽集》，得以再次出现在新华书店书架上。

这次 2018 年，又隔了 13 年，《爱晚庐随笔》能够由南开大学出版社推出新的版本,我们非常期待。

　　前不久,我收到编辑部田睿老师来信约请,要我写一写我的父亲。坐下来回想当年,往事历历。大概是1991年底,父亲才收到湖南教育出版社《爱晚庐随笔》样书,时值我二哥张君和重病在身。1992年初,二哥成功做了肾移植手术,刚刚从隔离病房转到普通病房,父亲为他紧揪着的心得以舒展,很感欣慰,急于让我带一本《爱晚庐随笔》送给二哥。二哥大病初愈,获得第二次生命,收到父亲的新著更是喜出望外,住院期间捧读不止。我们家兄妹六人,我排行第五,下面还有一个妹妹,四个哥哥姐姐都是"文化大革命"前毕业或者入读大学的,大哥学冶金专业、二哥学物理、大姐学生物、二姐学医,全都是理工科专业,个个成绩优异。六兄妹中唯二哥文理皆通,与父亲谈文论史交流最多。待下一次我再去看二哥,他给我摘读《爱晚庐随笔》中父亲写的这段话:"每值寒冬夜起,雨雪打窗,孤灯独坐,酷冷沁人肌骨,四顾惘惘,仍疾学不已,自忘老之已至。及天晓日出,众庶咸兴,而余已阅读写作数小时矣。一生述造不少,大半成于未明之时。"二哥说,本来这段话是为了说明早起之益的,但其实就是父亲几十年学术生涯清苦、孤单、寂寞生活的真实写照！父亲从小自学成才，没有大学文凭，因此没有门派的遮护，也没有同学的帮衬，他从来不会吹捧别人，也不会有人为他抬轿……说着，二哥的眼眶湿润了，我知道二哥比我更懂父亲。

　　共同的回忆把我们带到了那个最艰难的岁月。1966年"文化大革命"开始，父亲首当其冲被打成"资产阶级反动学术权威"，多次的批斗和抄家让母亲和我们都像惊弓之鸟，又很为父亲担心。但父亲即便白天被批斗了回来，晚上依旧会坐到书桌前展开纸墨继续他的工作。看着父亲如此执着，母亲不免难过，她说："知道吗？你们爸爸之所以这样坚持，他心里是有寄托的。"

　　1968年春夏之交某日，父亲被令几天之内必须将我们家从原住所搬出到学校已经废弃多年的洗澡堂居住。同时搬进洗澡堂的还有另外5家。从此全家人挤住在30余平方米、由里外两间隔成的四小间里（里间用大书柜分隔为两间）。父亲的工作室兼卧室在外间西面，只有不足8平方米的面积，因为这一小间保留了洗澡堂没被拆除的一人多高的白色隔板和门，使它显得相对独立。洗澡堂面积小、漏雨、窗户窄小而高悬于天花板下、没有纱门、厨房公用等都还不是环境最恶劣之处。那时在父亲的要求下，几个月后学校派工重新开了窗户，装了纱窗纱门，条件有所改善。关键是一般住宅房都是坐北朝南冬暖夏凉，而洗澡堂却是坐西朝东。武汉冬天湿冷，当年三九天最冷的时候室内温度会到零下，寒冷浸骨，能够有几根木炭火烤烤脚就是很奢侈的了；武汉夏天湿热，三伏天一天 24 小时都不可能降温，是中国"四大火炉"之一。炎热的夏天，家里上午东晒、下午西晒，太阳光都会穿透前后整个房间，家具都发烫，坐在家里如同身处蒸笼之中，炙热难耐无处躲藏！父亲却工作依旧，总是打着赤膊，豆大的汗珠布满前胸后背，顺着往下流，为了防止汗水打湿稿纸，两只手臂下都垫了毛巾。母亲看着实在心疼，时不时过去帮他擦汗，换洗毛巾。无论多么冷、多么热，父亲除了参加批斗会、住牛棚以及进行各种政治学习外，从来没有停止过一天他的写作，这在那个非常时期是其他任何人无法想象的事实。当时母亲形容父亲的只有一个字——"痴"，而父亲却说："我有做不完的工作要做，还要抓紧时间啦！"那个年代物资匮乏，经常停电，父亲有很多文字完成于煤油灯下。1980 年 3

月,学校分配给我们家一套四室一厅的新房子,这才告别居住了12年的洗澡堂,父亲母亲实实在在地在洗澡堂度过了12个酷暑寒冬。

1978年,我国进入改革开放的新时期,知识分子也迎来了科学的春天。从1980年到1992年父亲去世的这12年间,他的著作就一部接一部地出版了,共有以下16部:

《中国古代史籍举要》(湖北人民出版社,1980年5月)

《周秦道论发微》(中华书局,1982年11月)

《中国文献学》(中州书画社,1982年12月)

《史学三书平议》(中华书局,1983年2月)

《说文解字约注》(上、中、下)(中州书画社,1983年3月,影印版)

《郑学丛著》(齐鲁书社,1984年6月)

《中国古代劳动人民创物志》(华中工学院出版社,1984年11月)

《文献学论著辑要》(陕西人民出版社,1985年8月)

《清人笔记条辨》(中华书局,1986年12月)

《旧学辑存》(上、中、下)(齐鲁书社,1988年10

月）

《中华人民通史》（上、中、下）（湖北人民出版社，1989 年 5 月）

《说文解字导读》（巴蜀书社，1990 年 1 月）

《汉书艺文志通释》（湖北教育出版社，1990 年 3 月）

《爱晚庐随笔》（湖南教育出版社，1991 年 2 月）

《清儒学记》（齐鲁书社，1991 年 11 月）

《訒庵学术讲论集》（岳麓书社，1992 年 5 月）

2009 年以后又出版了两部：

《霜红轩杂著》（华中师范大学出版社，2009 年 12 月）

《张舜徽壮议轩日记》（国家图书馆出版社，2010 年 11 月，影印版）

在 1966 年"文化大革命"前，父亲已经出版了 8 部著作：

《广校雠略》（1945 年长沙排印本；中华书局，1963 年 4 月增订本）

《积石丛稿》（1946 年兰州排印本）

《中国历史要籍介绍》（湖北人民出版社，1955 年 11 月）

《中国史论文集》（湖北人民出版社，1956 年 9月）

《顾亭林学记》（湖北人民出版社，1957 年 9月；中华书局，1963 年 12 月）

《中国古代史籍校读法》（中华书局上海编辑所，1962 年 7 月）

《清代扬州学记》（上海人民出版社，1962 年 10月）

《清人文集别录》（上、下）（中华书局，1963 年 11月）

以上目录不包括父亲主编的书。

在治学上，父亲赞赏通人之学，主张走博通的路，从不以专家自限而以通人自励。这也是他一生追求并践行的学术理想与目标，正如他在《自传》[①]中所说"我之所以努力读书，遍及四部，穷老尽气，不愿走太窄的路，是有我的志愿和目的的"。父亲十七岁时我祖父就去世了，父亲还在《自传》中写道：

---

① 指《张舜徽自传》，载《张舜徽先生纪念集》编辑委员会编《张舜徽先生纪念集》（华中师范大学出版社，1994年）。

父亲一生自学的精神，给我的影响很深。

……

他一生治学很重视张之洞的《輶轩语》和《书目答问》，认为是读书的指路牌，我从小便经常翻阅这两本书。《书目答问》末附清代学者《姓名略》，开首便说："由小学入经学者，其经学可信由经学入史学者，其史学可信……"，我对这段话深信不疑。认为做学问，应循序渐进。不可躐等，不可急躁。如果不是循序渐进，便如无源之水，无本之木，是很不可靠的。过去学者们称文字、声韵、训诂之学为小学。当我对小学稍具有基础知识以后，才开始研究经学。初治《毛诗》，后及《三礼》，钻研郑学，锲而不舍，抽出了一些条例，写下了许多笔记。

为了养家，我父亲二十一岁就开始担任各高级中学语文、历史教师，同时兼几个学校的课，"下了课堂，便自伏案读书。这时涉览所及，以史部诸书为多，既精读了《史记》、两《汉书》《三国志》，又通读了《资治通鉴》正续编，复发愿欲于三十五岁以前读完全史——'二十四史'。自唐以上诸史，遍施丹黄，悉加圈点;唐以下诸史,也仔细涉猎一过。首尾十年,才把这部三千二百五十九卷的大书——'二十四史',通读了一遍。……自此研究周秦诸子,读历代文集、笔记,都是大胆地周览纵观,颇能收到由博返约的效果"。

在父亲晚年撰写的《八十自叙》①中,他对自己的治学再做了一个小结:

余之治学,始慕乾嘉诸儒之所为,潜研于文字、声韵、训诂之学者有年。后乃进而治经,于郑氏一家之义,深入而不欲出。即以此小学、经学为基石,推而广之,以理群书。由是博治子、史,积二十载。中年以后,各有所述。爰集录治小学所得者,为《说文解字约注》;集录治经学所得者,为《郑学丛著》;集录治周秦诸子所得者,为《周秦道论发微》《周秦政论类要》;集录治文集笔记所得者,为《清人文集别录》《清人笔记条辨》。而平生精力所萃,尤在治史。匡正旧书,

① 载《张舜徽先生纪念集》编辑委员会编《张舜徽先生纪念集》(华中师范大学出版社,1994年)。

则于《史通》《文史通义》皆有《平议》；创立新体，则晚年尝独撰《中华人民通史》，以诱启初学。至于辨章学术，考镜源流，平生致力于斯，所造亦广。若《广校雠略》《中国文献学》《汉书艺文志通释》《汉书艺文志释例》《四库提要叙讲疏》诸种。固已拥彗前驱，导夫先路。此特就平生著述中较费心力者，约略言之。至于薄物小书，不暇悉数也。

作为学者，父亲可以说是著作等身，近 1000 万字的著作是他几十年学术追求和探索的积累，是心血的结晶。面对众多的赞誉之词，他总是淡然一笑，他说："我一生只做了三件事：读书、教书和写书。"父亲他终生把学习、研究和传播中国传统文化视为自己的历史使命和责任，他执着坚韧、脚踏实地地耕耘于中国传统文化这块园地，奉献了自己毕生的精力。

张　屏

2018 年 3 月 1 日